El filtro
CALIFAS

El filtro de los Califas

Emilio Salgari

Continuación de Las Panteras de Argel

Título: El filtro de los califas
(continuación de Las panteras de Argel)
Autor: Emilio Salgari
Editorial: Plaza Editorial, Inc.
email: plazaeditorial@email.com
© Plaza Editorial, Inc.

**ISBN-13: 978-1517757113
ISBN-10: 1517757118**

www.plazaeditorial.com
Made in USA, 2015

CAPÍTULOS

I	La venganza de Amina	7
II	El tormento	19
III	La persecución del normando	35
IV	En la ermita del "Mirab"	47
V	El presidio de Zidi-Hasan	59
VI	El asesinato de Culquelubi	73
VII	A uña de caballo	87
VIII	Los furores de Zuleik	101
IX	El filtro de los califas	115
X	La cascada del Keliff	125
XI	La transformación de un guerrero	137
XII	La misión del renegado	149
XIII	En el harén del Bey	157
XIV	La fuga	173

CAPÍTULO I

LA VENGANZA DE AMINA

Cinco minutos después, el barón y Cabeza de Hierro, lejos ya de los esplendores de aquellas salas maravillosas, se encontraban nuevamente reunidos en un húmedo subterráneo, situado bajo la torre pentagonal. En lugar de las refulgentes lámparas venecianas, una lucecilla alumbraba apenas aquella especie de sentina, que debía de asemejarse mucho a las horribles mazmorras abiertas cinco o seis metros debajo del suelo donde agonizaban los esclavos cristianos del presidio de Trípoli, tan célebre en aquellos tiempos.

El mísero catalán había sido sorprendido mientras digería una copiosa cena, servida en el mismo lugar donde había tomado el hachís, y sin recibir explicación alguna fue brutalmente empujado hasta la cueva de la torre, donde se encontraba ya el caballero de Santelmo.

Aquel cambio de situación fue tan rápido que el pobre diablo creyó que acababan de administrarle una segunda dosis de narcótico. Antes de convencerse de que estaba despierto tuvo que pellizcarse varias veces.

—Señor barón —exclamó, mirando en torno a él con ojos compungidos—, ¿por qué nos han traído aquí? ¿Dónde estamos? ¡Decidme que estoy ebrio o que aquel maldecido brebaje me ha trastornado el cerebro! ¡No, no es posible que nos hayan traído a esta horrible prisión!

—No sueñas, ni estás borracho tampoco —respondió el barón—. Ambos estamos despiertos y todo lo que ves es realidad.

—¡Por San Jaime bendito! ¿El que se han vuelto locos esos negros para arrojarnos en esta ratonera? ¡Yo me quejaré a la señora, para que los mande azotar! ¡Si ella supiera lo que nos pasa!

—Por orden suya te encuentras aquí, infeliz Cabeza de Hierro.

—¿Acaso se ha arrepentido de habernos salvado?

—Empiezo a creerlo.

—¿Acaso la habéis visto?

—Sí; he cenado en su compañía.

—¡Me lo había imaginado, señor barón! ¡Muy mal debe de haber concluido esa cena!

—Tan mal que hasta tiemblo por la vida de la condesa de Santafiora.

—¡Rayos de Dios! —exclamó el catalán, espantado—. ¡Nunca hubiera creído que esa hermosa dama fuese una verdadera pantera!

—Y más vengativa aún que el propio Zuleik, porque al menos ese tiene interés en protegerla, mientras la mora quiere su muerte.

—Señor barón —dijo Cabeza de Hierro—, ¿es que esa dama se ha enamorado de vos? En tal caso, bendecid a la suerte, que os coloca en el camino de una mujer tan rica y tan hermosa.

—¡Estúpido! —gritó el barón.

—¡Perdonad, señor! En este momento me había olvidado de que sois el prometido de la condesa.

¡Diantre! ¡Una mora enamorada debe de ser terrible! ¡Lástima que no haya puesto los ojos en mí!

A pesar de su tristeza, el joven no pudo contener una ligera sonrisa.

—Hubiera hecho un soberbio moro —continuó el catalán—. Rico, con esclavos, con palacios... ¡Pero la fortuna no ha sonreído nunca al pobre Cabeza de Hierro! Y, hablando de otra cosa, ¿qué va a ser de nosotros? ¿Acaso esa furia nos dejará morir de hambre en esta ratonera?

—Ignoro lo que hará de nosotros. Comienzo a perder toda esperanza de salvar a la condesa de Santafiora.

—¿Y el normando? ¿Os habéis olvidado de él?

—Habrá sido muerto.

—¿Y el mirab?

—¡Sí; el viejo templario! —dijo el barón como hablando para sí mismo—. ¡Si al menos pudiera robársela al bey!

—¿Al bey? ¿A Zuleik, querréis decir?

—No; parece que ha sido elegida para el harén del jefe del estado —respondió el caballero con voz sorda—. ¡Pobre Ida! ¡Cuán triste suerte te aguarda en este maldecido Argel!

—Decidme, señor; ¿habéis sabido quién es esa dama?

—Todavía lo ignoro; pero tengo una sospecha.

—¿Cuál?

—Que acaso sea parienta de Zuleik.

—¿Sabe que Zuleik ama a la condesa?

—Sí.

—¿Y que vos también la amáis?

—Me he guardado bien de decírselo. Sabe que he desembarcado aquí para sacar de la esclavitud a una joven cristiana, y nada más.

—Si sospechase que se trata de la condesa...

—Estoy seguro de que mandaría asesinarla o venderla como esclava a los traficantes del desierto. Ten en cuenta con lo que dices, Cabeza de Hierro; si se te escapa una palabra, nos perderías a todos.

—No hablaré aunque me hagan pedazos, y un Barbosa nunca falta a lo que promete.

—¿Ni siquiera en el tormento?

—¡En él os mostraría cómo sabe morir un Barbosa!

Un ruido sordo, que el suelo transmitía distintamente y que parecía producido por el galopar de muchos caballos, interrumpió la conversación.

—Se acerca un escuadrón de caballería —dijo Cabeza de Hierro, palideciendo—. ¡Acaso sean los genízaros de Culquelubi!

—Llegaría oportunamente, y esta vez la princesa no nos salvaría de su furor.

—¡Y no tener armas para defendemos!

—¿De qué nos servirían?

—¡Es cierto, señor! ¡Ah, esta maldita Argelia acabará por enviarme al infierno! Ya me parece que atenacean mis carnes y me tuestan la piel como a aquel infeliz español que vimos sobre el camello! ¡Perros genízaros! ¡Estarán furiosos!

Cabeza de Hierro se engañaba. Un pelotón de jinetes, después de haber dado la consigna a la guardia del portón, había atravesado el puente levadizo y entrado en la poterna.

Debían de haber hecho una larga caminata, porque los caballos estaban cubiertos de espuma y los arneses llenos de polvo.

El que guiaba, y que debía de ser el jefe, a juzgar por la riqueza de su amplio alquicel y por los brillantes que guarnecían su turbante de seda roja, había puesto el pie en tierra sin esperar la llegada de los escuderos negros, que corrían con antorchas encendidas.

—¿Dónde está Amina? —preguntó con acento imperioso.

—En sus habitaciones —respondió uno de los negros.

—Haz que le avisen que Zuleik la espera en la sala de los espejos.

Hizo una señal a la escolta, compuesta de doce negros armados de espingardas y cimitarras para que echasen pie a tierra, y luego subió por la amplia escalera del castillo, penetrando donde poco antes habían cenado el barón y la princesa.

Al ver la mesa todavía provista de viandas y la gran lámpara encendida, Zuleik había arrugado el entrecejo.

—¿Quién habrá cenado con Amina? —se preguntó.

Permaneció un momento inmóvil, y después empezó a pasear por la sala, presa de una viva agitación. Tenía la mirada torva y las facciones alteradas. De cuando en cuando se detenía y, pasándose la mano por la frente, prorrumpía en roncas imprecaciones de rabia.

Una voz le interrumpió a sus espaldas:

—¿Qué deseas, Zuleik?

La princesa había entrado en la estancia sin hacer ruido, envuelta en un manto de seda rosa.

El moro la miró un instante con los párpados medio cerrados, y luego dijo:

—No me esperabas, ¿verdad, hermana?

—No. ¿Qué te sucede? ¿Has venido para reñirme por lo que he hecho hoy?

—Tú quieres comprometerte?

La princesa se encogió de hombros desdeñosamente.

—¿Con Culquelubi? —preguntó.

—Está furioso.

—¿Porque he maltratado a sus genízaros?

—¡Maltratar! ¡Han muerto ocho o diez en la refriega!

—¡Otros tantos canallas menos! ¡No se viola fácilmente el asilo de una princesa mora que desciende de los califas!

—¿Fue por enseñarles a respetar la casa de Ben-Abend, o por librar de sus garras al barón? —replicó Zuleik con ironía.

—Por una cosa y por otra.

—¿Y dónde está ahora el barón de Santelmo?

—Está aquí.

—¿En lugar seguro?

—Tan seguro —respondió Amina, mientras un relámpago surcaba sus negros ojos—, que acabo de mandar encerrarle con su criado en el subterráneo de la torre.

Zuleik la miró con asombro.

—Pero, ¿no cenaste con él? Todavía veo aquí los dos cubiertos.

—Eso fue antes; pero ahora... ¡Ah! ¡Cómo ansío vengarme de él! ¡Cómo vas a reírte, Zuleik!

—No, porque el barón es un caballero, y, aunque enemigo, no le odio.

—¿No le odias? Pues, entonces, ¿por qué has tratado de arrestarle? ¿Por qué le persigues?

—Ya te lo he dicho: porque ha tratado en San Pedro de oponerse a mis deseos, y porque él es cristiano y yo musulmán.

—Entonces me dirás cómo el barón conoce a la cristiana a quien amas.

—Porque iba a San Pedro con frecuencia en su galera.

—Y qué es lo que ha venido a hacer aquí el barón?

—A salvar a una prisionera.

—¿Quién es?

—No lo sé.

—¡Pues yo lo sabré pronto, Zuleik! —exclamó la princesa, con acento reconcentrado.

El moro se acercó a ella y, poniéndole una mano sobre el hombro, le dijo:

—¡Tú le amas!

—¿Y si eso fuese cierto?

—Es un cristiano.

—Tú también amas a una cristiana.

—¡Es cierto! —dijo Zuleik con un suspiro.

—Es noble, y una princesa bien puede descender hasta él.

—¡Eso es un sueño, Amina! El barón no te amará nunca: estoy seguro de ello.

—¿Porque ama a una cristiana, esa a quien viene a buscar aquí?

—Lo sospecho.

—¡Una princesa Ben-Abend no tolerará rivales! ¡En cuanto la tenga en mi poder, encargaré a Culquelubi que la haga desaparecer para siempre!

—¡Amina! —exclamó Zuleik, palideciendo—. ¡Por el nombre de Mahoma! ¡Tú no tocarás un solo cabello de esa dama!

La princesa le miró fijamente, con el entrecejo fruncido. El rostro de Zuleik era en aquel momento tan amenazador que daba miedo.

—Explícate, hermano. ¿Por qué te interesas por esa cristiana?

El moro advirtió que se había descubierto demasiado y podía crearse en su propia hermana un enemigo poderoso.

—Me interesa —dijo, cambiando de tono— por un juramento. Un día, esa muchacha me socorrió, salvándome de un peligro en la isla de San Pedro, y le prometí que la recompensaría. En la nave donde se encontraba prisionera con los habitantes de la isla juré solemnemente salvarla de las manos de mis compatriotas, y mantendré la promesa. Eso es todo.

—¿Quién es, pues, esa muchacha?

—La hija de un castellano.

—¿Bella?

—Bellísima.

—¿Y el barón la ama?

—Ardientemente.

—Haz que yo la vea.

—¡Nunca!

La princesa hizo un gesto de cólera.

—¡Zuleik! —gritó, con voz amenazadora.

—Leo en tus ojos una sentencia de muerte —dijo el moro—. Si te hiciera conocer a esa mujer, estoy seguro de que mañana no viviría.

Te he entregado al barón, que era prisionero mío; tú, en cambio, no te cuides más de esa cristiana.

En aquel momento expresaba su rostro un dolor intenso, una verdadera desesperación.

—¡Adiós, hermana! —dijo bruscamente.

—¿Adónde vas?

—Vuelvo a Argel.

—¿Por qué no te quedas aquí? —dijo Amina con voz dulce.

—Tengo que hacer allí muchas cosas.

—¿Quieres volver a ver a la cristiana?

Zuleik no contestó.

—Eso está en tu mano. Una esclava se adquiere fácilmente cuando se poseen las riquezas de los Ben-Abend.

—¡No siempre! —replicó Zuleik con ímpetu.

—¿Te la disputa alguien?

—Sí.

—Pues mátale.

—¡Es demasiado poderoso!

—¿Quién puede competir con nuestra familia, que desciende de los califas?

—¿Quién? —rugió Zuleik—. ¡Hay alguien que está más alto que nosotros, y sus viles agentes me la han robado!

—Y ese hombre, ¿quién es?

—¡No puedo decírtelo!

—¿Y qué piensas hacer para verla de nuevo?

—¡No lo sé! ¡Adiós!

—¿No tienes confianza con tu hermana? ¿Por qué no me lo dices todo, Zuleik?

—¡Porque no puedo!

Dicho esto salió, cerrando con estrépito la puerta.

Amina había permanecido inmóvil, apoyada en la mesa, con los ojos fijos en el suelo y la frente ceñuda, sumergida en pensamientos de venganza.

El galopar de los caballos que acompañaban a Zuleik la sacó de sus meditaciones.

Atravesó la sala y se acercó a la ventana.

Por el blanco y polvoriento camino que la luna iluminaba, Zuleik y sus gentes galopaban con furia.

—¿No has querido decirme quién es la cristiana a quien ama el barón? —dijo con voz tétrica—. ¡Pues bien; Culquelubi sabrá ese nombre por boca del barón de Santelmo! ¡Yo amaba a ese joven, y ahora le odio! ¡No se desdeña la pasión de una princesa mora! ¡Pronto sabrá cómo saben odiar las mujeres moras!

Se acercó a un veladorcito de ébano, en el cual había recado de escribir y algunas hojas de papel rosado. Tomó una, trazó en ella algunas líneas, y dejó luego caer el martillo sobre la plancha metálica.

Uno de los negros entró, diciendo:

—¿Qué manda la señora?

—Vais a ir inmediatamente con el caballo más veloz, para llevar este billete al capitán general de las galeras.

El negro hizo un gesto de estupor.

—Señora —dijo—, ¿creéis que lo recibirá?

—¿Y por qué no, Zamo?

—¿Después de lo ocurrido esta mañana?

—¿Y qué le importa a él la muerte de algunos de sus genízaros? Se habrá reído de la jugarreta que le he hecho, que, además, no es la primera.

—Obedezco, señora.

—Una advertencia todavía. No sigas el camino que lleve mi hermano. Quiero que ignore que necesito de Culquelubi. ¡Corre, Zamo; quiero que mañana los genízaros estén aquí!

El negro tomó el billete y salió.

—¡Ahora comienza mi venganza! —dijo Amina—. ¡Ah, barón; te destrozaré el pecho, y no volverás a ver a la mujer que amas! ¡El desierto está detrás de Argel, y al desierto irá esa hermosa joven para ser esclava de algún reyezuelo negro! ¡Así se venga Amina Ben-Abend!

—¡Cabeza de Hierro!

—¡Señor! —respondió el catalán, restregándose los ojos, todavía hinchados por el sueño.

—Han venido otros jinetes.

—¡Que no sea posible dormir con tranquilidad en este castillo!

—Ya ha amanecido.

—¿Tan pronto? Creía haber dormido una hora nada más. ¡No se está mal en esta torre! ¿Quién ha llegado al castillo?

—No lo sé —respondió el barón con inquietud—. He oído el ruido de los cascos de los caballos sobre las piedras de la poterna.

—Será Zuleik, señor.

—Entonces, ¿quiénes eran los que llegaron anoche y volvieron a irse en seguida?

—Tengo una sospecha.

—¿Cuál?

—Que los genízaros de Culquelubi hayan descubierto nuestro escondite y vengan a buscarnos.

—Casi prefiero caer en manos de ese pirata a permanecer en las de la princesa. Ahora esa mujer me infunde más temor que Culquelubi.

—¡Hum! —refunfuñó Cabeza de Hierro, moviendo la cabeza—. ¡Prefiero una pantera hembra a una pantera macho que tan triste celebridad tiene!

Se había incorporado para acercarse a la puerta de la prisión, y escuchaba con ansiedad. En la poterna se oía un rumor de gente que caminaba apresuradamente y el patear de los caballos.

—¡Ah, demonio! —masculló—. ¡Temo que esa gente venga en nuestra busca! ¡Infeliz Cabeza de Hierro, tu amada piel corre un gravísimo riesgo! ¿Por qué —murmuró— habrá enfurecido mi amo a esa mora? ¡En su lugar, yo hubiera procedido de muy distinta manera!

De pronto se estremeció; algunas personas bajaban por la escalera de la torre.

—¡Señor —dijo, volviendo el rostro hacia el barón—, vienen a prendemos!

El joven caballero había experimentado un estremecimiento repentino. No obstante, se incorporó, diciendo:

—¡Mostremos a esa mujer que los cristianos no tienen miedo!

—¡Entonces —dijo para sus adentros Cabeza de Hierro—, yo no debo de ser muy católico! ¡Si al menos tuviera mi maza para defenderme!

La puerta se abrió, y entraron dos negros gigantescos, seguidos por un oficial de genízaros y cuatro soldados armados hasta los dientes.

—¿Qué deseáis? —preguntó el barón avanzando.

—Debéis salir para Argel en el acto —dijo uno de los dos negros—. Seguidnos sin oponer resistencia, porque de otro modo emplearíamos la fuerza.

—¡Estoy pronto!

Subió la escalera, aparentando la mayor tranquilidad; pero Cabeza de Hierro tropezaba en todos los escalones por miedo a los genízaros.

Una veintena de soldados montados los esperaban en la poterna con los arcabuces preparados.

—¿A quién pertenecen estos hombres? —preguntó el barón.

—Al capitán general de las galeras —respondió el negro.

El barón sintió que su rostro se inundaba de sudor frío. Montó, sin embargo, en el caballo que debía conducirle, sin solicitar ayuda de nadie.

—Cristiano —dijo el oficial en deplorable italiano—, te advierto que si tratas de huir tengo orden de matarte.

El barón se encogió de hombros, sin responder.

Salieron de la poterna, atravesaron agrupados el puente levadizo y se hallaron en la plataforma exterior. El negro Zamo, que tenía por las riendas el caballo del barón, le indicó la terraza de mármol que se veía sobre las murallas del castillo, completamente iluminada por la luna.

En ella estaba Amina, envuelta en su capa rosada y apoyada con indolencia en un enorme jarrón de porcelana. Sus ojos tenían una expresión de odio tan intenso, que el barón no pudo contener un estremecimiento de terror.

—¡Me abandona en manos de Culquelubi! ¡Pero, al menos, que ignore siempre el nombre de su rival! —dijo para sí.

Se miraron entrambos unos momentos, y luego el negro, dirigiéndose hacia el oficial, dijo:

—¡Partid!

La escolta rodeó al caballero y se lanzó al galope por la polvorienta carretera que conducía a Argel.

El barón se volvió, y vio todavía por última vez a la feroz mora apoyada en el jarrón de porcelana.

Al amanecer, la escolta entraba en Argel, y se detenía delante de un enorme palacio guardado por un destacamento de soldados y marineros berberiscos.

Era el palacio de Culquelubi, de la Pantera de Argel, como solía llamársele.

CAPÍTULO II

EL TORMENTO

Culquelubi, capitán general de las galeras del bey de Argel, era el coco de los cristianos. Bastaba su nombre para hacer palidecer a los millares de esclavos recluidos en las prisiones de Pascia, de Ali-Mami, de Kolugis, de Zidi-Hassan y de Santa Catalina.

Su ferocidad era proverbial en Europa; como era proverbial el odio implacable que profesaba a todo cristiano, fuera cual fuese su nación y su sexo.

Representaba Culquelubi el fanatismo musulmán llevado hasta el último límite, más por sistema que por convicción, puesto que interiormente se reía de Mahoma y no observaba los preceptos del Corán, de los cuales prescindía emborrachándose diariamente con los mejores vinos de España y de Italia, fruto de sus rapiñas.

Salido de la nada y dotado de un valor extraordinario, había llegado pronto a los más elevados empleos de la milicia y acumulado enormes riquezas. Era un verdadero azote del Mediterráneo; no había en este mar costa que no hubiese saqueado, así como no había tampoco flota que no hubiera vencido.

En la época en que se desarrolla esta verídica historia se encontraba en el apogeo de su poder, y hasta hacía temblar al propio bey de Argel.

Los mejores palacios eran suyos; las más rápidas galeras, que conducía de victoria en victoria, eran suyas también; las más bellas esclavas y los esclavos más robustos eran asimismo de su propiedad.

¡Y cuántas horribles atrocidades realizaba contra los desgraciados que se encontraban en su palacio! ¡Cuántas lágrimas y cuánta sangre vertían aquellos infelices!

Una falta cualquiera, una palabra, eran suficientes para que la Pantera de Argel los martirizase con ferocidad inaudita. Ni edad, ni sexo, ni belleza encontraban gracia cerca de él. Se divertía en castigar a sus esclavos con sus propias manos, empleando un enorme garrote que les rompía los huesos; y para entretenerse cuando estaba ebrio hacía amarrar a las columnas de las galerías de palacio a los cristianos robados en las playas de Italia, de Provenza y de España, y se complacía en azotarlos hasta que saltara la sangre.

Imponía las penas más horribles a cualquiera que, exasperado por sus malos tratos, intentase huir de su palacio o del presidio. Los hacía enganchar en garfios de hierro, dejándolos morir lentamente, o los sumergía hasta la cintura en fosas rellenas de cal viva, o los hacía matar a bastonazos en el vientre y en las plantas de los pies.

Pero donde especialmente saciaba su odio era en los fregatarios.

¡Ay de ellos si caían entre sus manos! En primer término les arrancaba la piel, y sobre las carnes desnudas de aquellos desgraciados se divertía en hacer verter aceite hirviendo, para oírles aullar y mugir como bestias feroces.

***

Apenas descendió del caballo, el barón fue brutalmente atado con las manos en las espaldas, para que no pudiese oponer la menor resistencia. Luego, juntamente con Cabeza de Hierro, fue llevado a través de una serie de corredores llenos de guardias, que los miraban con aire de burla.

Por último, los introdujeron en una espaciosa galería sostenida por columnas dóricas, sobre las cuales se veían innumerables manchas de sangre.

Recostado en un diván de seda roja se encontraba un hombre como de cincuenta años de edad, con barba espesa, ojos azules y tétricos, que tenían reflejos propios de una bestia feroz, y la nariz encorvada en forma de pico de papagayo.

Aquel individuo estaba lujosamente vestido con un traje blanco de seda adornado con botones de esmeralda, y tenía en la mano una enorme pipa turca con boquilla de ámbar, que de vez en cuando se llevaba a los labios, arrojando al aire nubes de humo impregnadas de un penetrante perfume de esencia de rosa.

Detrás de él, erguidos cerca del diván, se encontraban dos negros medio desnudos, de formas atléticas, que tenían en las manos dos enormes cimitarras. Ambos se hallaban en perfecta inmovilidad y no apartaban los ojos de su amo, dispuestos a obedecer sus órdenes a la menor señal.

El barón había entrado solo en la galería. Cabeza de Hierro, aguardaba fuera.

—El capitán general de las galeras le espera —dijo el oficial que acompañaba al joven.

El pobre caballero sintió correr por todo su cuerpo un sudor frío al oír el nombre funesto de Culquelubi.

No obstante, avanzó erguido, con la frente alta y el paso firme, hasta el diván, mirando audazmente al terrible devastador del Mediterráneo, ante cuya presencia todo el mundo temblaba.

Culquelubi se incorporó para observar mejor al recién llegado. Debía de encontrarse en uno de sus raros momentos de buen humor, porque miró al joven sin arrugar la frente y sin que sus ojos se iluminaran con los terribles relámpagos de furor que tanto temían sus esclavos.

Le examinó durante unos momentos con atención y aspiró dos o tres bocanadas del humo perfumado de su pipa; después sacó del bolsillo de oro que pendía de su cintura un billete y lo leyó despacio.

—Apuesto mancebo —dijo a poco en italiano y con sonrisa un tanto irónica—, ¿quién eres?

—Un levantino —respondió el barón.

—¿Cristiano?

—Musulmán.

—¿Por qué me has contestado en italiano?

—Es el idioma que uso, porque trafico por aquellas costas.

—¿A qué has venido a Argel?

—A vender un cargamento de esponjas adquiridas en Deidjeli.

—¿Dónde está el barco?

—Lo he enviado a Tánger a cargar tafilete y tapices de Rabat.

—¿Luego eres marino?

—Sí.

—¿Y musulmán?

—Creo en el Profeta.

—¿Sabes la causa de tu arresto?

—La ignoro.

—Te han acusado —dijo Culquelubi.

—¿De qué? —preguntó el barón, que estaba resuelto a mentir en todo para no envolver en el peligro a la condesa de Santafiora.

—De ser cristiano.

—El que ha dicho eso es un miserable —respondió el joven con suprema energía.

Culquelubi hizo una señal a uno de los dos negros.

El esclavo tomó de una pequeña mesa incrustada de oro un libro encuadernado en tafilete y lo abrió, poniéndolo delante del barón.

—Pon la diestra sobre esas páginas —dijo Culquelubi con siniestra sonrisa—, y repite conmigo estas palabras. Como debes de saber, este libro es el Corán: «En nombre de Aquel que es el solo y único Dios, puesto que no hay más Dios que él; en nombre de Mahoma, que es el único Profeta, puesto que no hay más Profeta que él, juro ser un verdadero creyente, y esto lo, afirmo bajo pena de condenación eterna».

El barón permaneció silencioso.

—¿Por qué no juras? —preguntó Culquelubi.

—Porque soy un caballero —respondió el pobre joven.

Culquelubi soltó una carcajada satánica.

—¡Basta ya de comedia! ¡Si no fueses el barón de Santelmo, ya te habría mostrado lo peligroso que es tratar de engañar a Culquelubi!

—¿Me conocéis? —exclamó el barón con estupor.

—Sabía quién eres; pero quise probarte. Tú no eres negociante de esponjas, sino un caballero de Malta que ha dado mucho que hacer a mis corsarios, y que hace pocos días estuviste a punto de echar a pique cuatro de mis galeras en aguas de Cerdeña. Ya ves que te conozco perfectamente. ¡Lástima que no seas musulmán! Porque si a tu edad eres tan valiente, ¿quién sabe lo que podrías hacer más adelante en nuestra compañía?

—Ya que sabéis quien soy, mandad que me den la muerte.

—¡Hay tiempo! —dijo Culquelubi con voz menos áspera—. Si quieres, todavía podrás salvar la vida y hasta obtener la libertad.

—¿Cómo?

—Confesando el nombre del fregatario que te ha conducido y el lugar donde se encuentra.

—¡Nunca! Un caballero, un Santelmo, no es traidor. ¡Antes que hacer eso prefiero la muerte!

—Eres de buena raza, y bajo un semblante femenil tienes un corazón de león; pero si renuncio a la idea de arrancarte el nombre del que te ha conducido aquí (que no puede ser otro que alguno de esos perros condenados que espero descubrir dentro de poco), debes decirme qué has venido a buscar en Argel.

—Asegurarme de si un amigo, hecho prisionero por vosotros, vive todavía.

—¿Y si se tratase de alguna amiga? —dijo Culquelubi, con sonrisa maliciosa.

El barón se estremeció y tuvo que hacer un gran esfuerzo para no lanzar una exclamación de sorpresa. Sin embargo, su palidez era tanta que no se ocultó a las escudriñadoras miradas de Culquelubi.

—He dado en el blanco, ¿no es cierto? —preguntó.

—No —respondió el barón con voz alterada por la angustia—. Se trata de un hombre, y, no de una mujer.

—Entonces me dirás quién es, y yo podré decirte si ha muerto o vive.

—No puedo decirlo.

—Pues me convenzo más de que se trata de una mujer.

—¡No es cierto!

—¿Todavía pretendes engañarnos? Perderás el tiempo inútilmente. Yo sé que se trata de una mujer; de una mujer a quien amas.

—¿La conocéis? —exclamó el barón con angustia.

—Ya ves que tú mismo te has vendido —añadió Culquelubi, siempre riendo—. Has descubierto el juego; pero aun no está ganada la partida.

—¿Qué queréis decir?

—Que deseo conocer el nombre de esa dama.

—¿Qué pretendéis hacer con ella?

—¿Yo? ¡Nada! Pero hay una persona que desea conocer su nombre.

—¿Una mujer?

—Eso lo ignoro.

—Hay una princesa mora que quiere saberlo, ¿no es cierto?

—¡Basta! ¡Delante de ti se encuentra el jefe de las galeras! –dijo Culquelubi frunciendo el ceño y haciendo un gesto de impaciencia—. ¿Quieres decirme quién es esa cristiana y dónde se encuentra?

—Podéis matarme; pero no lo sabréis nunca.

—¡No siempre se muere pronto!

—Conozco el horror de vuestros suplicios.

—No de todos. Por última vez, ¿queréis decirme su nombre?

—¡No! —replicó el barón.

—¡Por la muerte de toda la cristiandad! ¡Mi paciencia se agota! —aulló Culquelubi—. ¡No comprendo cómo he tenido calma para escuchar tanto tiempo!

Después, volviéndose hacia los dos negros, que habían permanecido impasibles como estatuas, les dijo:

—¡Manos a la obra!

Los dos negros alzaron una tienda situada enfrente del diván y que ocultaba una columna de mármol verde, de forma cuadrada, perfectamente lisa, con abrazaderas de hierro, y en cuya cima se veía un jarrón, del cual salía un pequeño tubo encorvado.

El barón miró aquel extraño instrumento de tortura, sin llegar a comprender su objeto, pues no veía sobre la columna mecanismo de ninguna especie, ni puntas de hierro, ni cuchillos para desgarrar las carnes.

A una señal de Culquelubi, los dos negros se apoderaron del barón y le condujeron hasta la columna, le apoyaron contra ella y le amarraron las piernas y los brazos con las abrazaderas de hierro para impedirle todo movimiento. Después le pasaron una correa por la frente, a fin de atarle la cabeza a la columna, y, por último, con una navaja de afeitar le rasuraron algunos cabellos, dejando descubierto en el centro del cráneo un redondel pequeño, del tamaño de una moneda de plata.

—¿Hablarás ahora? —le preguntó Culquelubi, que había vuelto a instalarse en el diván, saboreando una taza de café que acababa de depositar al lado suyo un criado negro.

—¡No! —respondió el barón, con acento firme.

—¿No sabes que la gota, cayendo continuamente, acaba por horadar la roca?

—No entiendo lo que queréis decir.

—Ahora lo sabrás —dijo, haciendo una seña con la mano.

De pronto, el barón sintió la impresión de una gota de agua que le caía en medio de la cabeza, sobre el punto privado de cabellos.

Palideció y cerró los ojos por un instante. Aquella gota fue para él una revelación. Empezaba a comprender el sentido de las palabras pronunciadas por el terrible corsario, y quizá por primera vez en su vida se sintió invadir por un terror pánico.

Por lo visto, aquel atormentador de cristianos quería horadarle el cráneo con una gota de agua. ¡Qué espantable suplicio había inventado el genio infernal de aquel bárbaro!

Miró a Culquelubi con ojos dilatados por el espanto. El corsario aparentaba no prestarle siquiera atención. Fumaba tranquilamente, siguiendo con la mirada las nubes de humo y bebiendo de vez en cuando un vaso de vino de España, a pesar de las prohibiciones del Profeta, mientras los dos negros, siempre inmóviles y silenciosos, habían recobrado su puesto cerca del diván, apoyándose en sus cimitarras.

En tanto, las gotas sucedían a las gotas, cayendo con pausada lentitud, siempre sobre el mismo punto, sin que el barón, a causa de la correa que le aprisionaba la frente contra la columna, pudiese hacer el menor movimiento.

Al principio, el infortunado joven había experimentado, en vez de un tormento, una cierta impresión de bienestar. Aquella agua fresquísima que le corría a lo largo de los cabellos, bañándole poco a poco el cuerpo y empapándole los vestidos, no era desagradable, especialmente en aquella galería, abrasada por los rayos del sol africano; pero después de un cuarto de hora comenzó a sentir una agitación nerviosa que aumentaba en intensidad, produciendo en sus oídos un zumbido extraño.

Aquella simple gota de agua le parecía que se hacía más pesada de minuto en minuto y que le azotaba el cráneo con mayor fuerza, como si el líquido se hubiera transformado en mercurio. A sus golpes repetidos, el cerebro se paralizaba, impidiéndole pensar. En sus células cerebrales reinaba una confusión extraña.

—Si este suplicio continúa, acabaré por volverme loco —murmuró—. Y, sin embargo, Culquelubi no me arrancará el nombre de mi

Ida, porque semejante confesión constituiría su muerte. ¡Aquí veo el odio y los celos de Amina; el corazón me lo dice!

Miró a Culquelubi, que continuaba fumando tranquilamente. Los dos negros, siempre inmóviles, miraban el recipiente de la columna.

Un silencio profundo reinaba en la galería, silencio interrumpido únicamente por el monótono golpe de aquella maldita gota de agua que caía sin tregua.

Otro cuarto de hora transcurrió. La cabeza del desgraciado joven chorreaba por todas partes, y sus vestidos estaban completamente empapados de agua. Sobre el tapiz se había formado ya una mancha, que se extendía cada vez más.

Los dolores del atormentado eran ya tan intolerables, que el barón dudaba poder resistir a tan extraño suplicio. Le parecía que le golpeaban el cerebro con una maza. Las sienes le latían febrilmente, y los oídos le zumbaban con más fuerza que nunca. Empezaba a sentir escalofríos, y su cabeza daba vueltas.

Un gemido de dolor salió de sus labios.

Al oírlo, Culquelubi se levantó, mirando al barón irónicamente.

—Y bien, hermoso mancebo —dijo—; ¿qué te parece mi invención?

Creo que los más famosos inquisidores de España no habrían sido capaces de idear otra semejante.

¿Hablarás ahora?

—¡No! —respondió el barón con voz angustiada.

—Te advierto que no vas a poder resistir.

—¡Matadme!

—Tu vida no me pertenece.

—¡Maldito seas!

Culquelubi se encogió de hombros con indiferencia; volvió a tomar su pipa, la rellenó de tabaco y comenzó a fumar tranquilamente, diciendo:

—¡Esperaré; no tengo prisa!

El miserable estaba bien seguro de su triunfo. Aun no había transcurrido otro cuarto de hora más, cuando el barón fue acometido por un desvanecimiento que duró varios minutos.

El desgraciado, pálido como la muerte, con los ojos extraviados y casi fuera de las órbitas, se había desplomado, y habría caído al suelo a no ser por las abrazaderas de hierro que le mantenían como clavado a la columna.

Cuando volvió en sí deliraba como un loco. Palabras entrecortadas salían a borbotones de sus labios. Hablaba de galeras, de batallas, de Zuleik, de la vengativa princesa, de Cabeza de Hierro, de Malta, de la isla de San Pedro.

Culquelubi se había levantado de nuevo, y escuchaba con atención el delirio del joven, sin perder una sola palabra. En aquella actitud parecía una pantera en acecho espiando su presa, aunque en este caso la presa solo debía ser una palabra.

De pronto, un nombre brotó de los labios del barón con un tono de voz desesperado:

—¡Ida! ¡Ida!

Culquelubi se estremeció de alegría.

—¡Acaso sea ese el nombre de la joven cristiana! —dijo para sí—. Pero eso no bastará para satisfacer a Amina. ¡Es necesario saber algo más!

El barón, siempre presa del delirio, continuaba charlando como un insensato. En su cerebro conturbado, los pensamientos ya no guardaban orden alguno. Otro nombre pronunció poco después:

—¡Santafiora! ¡Ida de Santafiora!

Culquelubi experimentó un verdadero sobresalto. Aquel nombre no le era desconocido; le recordaba al audaz caballero de Malta que muchos años antes había osado acercarse a sus galeras hasta la bahía de Argel para bombardear la ciudad.

Una sonrisa satánica de triunfo se dibujó en sus labios.

—¡Ese es el nombre de la cristiana! —dijo—. Ahora ya sé todo lo que necesito. Buscaremos a esa esclava, y espero que habré de encontrarla entre los prisioneros de San Pedro; porque, si la memoria no me engaña, en esa isla es donde estaba edificado el castillo de Santafiora.

Todavía siguió escuchando. El infortunado joven, que en aquel momento parecía acometido de una locura furiosa, continuaba repitiendo el nombre de su prometida, confirmando cada vez más las sospechas de Culquelubi.

—¡Ida! —exclamaba haciendo inauditos esfuerzos para romper las ligaduras que le tenían sujeto a la columna—. ¡Esos malditos te siguen! ¡Huye! ¡Huye! ¡El mirab..., el normando..., la falúa! ¡Amina te odia, te busca..., ansia tu muerte! ¡Huye! ¡Huye, amada mía!

Después le acometió un segundo desvanecimiento, más prolongado que el primero. En aquel momento, Culquelubi hizo una señal.

Los dos negros separaron las abrazaderas de hierro y recibieron en sus brazos el cuerpo inerte del barón, que apenas daba señales de vida.

—¿Qué hacemos con él? —preguntaron.

—¡He aquí un hermoso mancebo que podemos vender a buen precio! —dijo Culquelubi con una sonrisa de triunfo satánico—. Amina se divierte asesinando a mis genízaros. ¡También voy yo a permitirme otra diversión a costa suya! ¿Hay sitio en el presidio de Zidi-Hassan?

—Está lleno de esclavos, señor —contestó uno de los dos negros.

—¡Cualquier lugar es bueno para estos perros cristianos! Llevadle allá en compañía de su criado, y mandad en mi nombre que le curen. Decid también al comandante del presidio que esos dos hombres me pertenecen y que su cabeza responderá de su fuga.

Los dos negros levantaron el cuerpo del barón y lo llevaron fuera de la estancia con presteza.

El capitán general de las galeras se disponía a acostarse de nuevo en el diván, cuando por la parte opuesta de la habitación entró un oficial de su guardia, diciendo:

—Señor, una dama solicita permiso para entrar.

—¡Mándala al diablo! ¡Ahora tengo otra cosa que hacer!

—Es la princesa Ben-Abend, general.

¡Por la muerte de todos los cristianos! —exclamó Culquelubi—. ¡A buena hora llega! Tendremos borrasca; pero la princesa me divierte mucho cuando rabia. ¡Dile que entre! Por fortuna —añadió—, cuando ella salga de aquí el cristiano estará en sitio seguro.

Apenas dichas estas palabras, Amina apareció en el umbral de la puerta. Bajó el velo que cubría su semblante, dejando descubiertos los ojos; pero Culquelubi, que la observaba atentamente, pudo notar que estaba palidísima.

—Acaso —pensó— se haya arrepentido de haberme confiado la misión de hacerle hablar.

—Culquelubi —preguntó la princesa con voz casi suplicante, colocándose delante de él—, ¿qué habéis hecho con el barón?

—Lo que me encargasteis que hiciera, Amina. Y a fe que no me explico que me hayáis dado el encargo de hacer cantar a ese cristiano, después de haber sacrificado la vida de mis soldados para defender la suya. Permitidme que os diga que abusáis un poco de vuestra elevada posición y un poco también de mi bondad.

—¿Qué os he hecho?

—Sacrificar la vida de mis soldados, repito.

—Vos sacrificáis la de muchos hombres —dijo Amina.

—Pero son cristianos, enemigos nuestros; infieles, en una palabra.

—Son hombres como vos —respondió la princesa—. En suma: ¿ha hablado? ¿Sí o no?

—¿Quién puede resistir a mis deseos?

—¿De modo... ?

—Que la cristiana ha sido descubierta.

—¿Y quién es? —preguntó la mora, con los ojos centelleantes de rabia.

—La condesa de Santafiora.

Amina retrocedió dos pasos, diciendo:

—¡No! ¡Es imposible! ¡Ha mentido! ¡La condesa de Santafiora es la cristiana a quien ama mi hermano Zuleik! ¡Repito que es imposible!

—¡Ah! ¡Sería, en efecto, muy extraño! —replicó Culquelubi—. ¿Conque Zuleik ama a una cristiana que es también amada por el barón?

—¡Os digo que no puede ser esa!

—Más de veinte veces ha pronunciado su nombre el barón de Santelmo.

—¡Os ha engañado!

Culquelubi meneó la cabeza, diciendo:

—Es ella; estoy seguro; el barón deliraba, y en el delirio no se miente.

—¡Deliraba! —exclamó la princesa, mirándole dolorosamente—. ¿Qué habéis hecho con él? ¿Le habéis atormentado?

—¡Apenas! Unas cuantas gotas de agua; pero bien aplicadas; ¡eso sí!

—¡Que le habrán enloquecido! —gritó Amina—. Conozco vuestras artes diabólicas. ¡No he debido confiároslo!

—Si ese hombre no me hubiera sido confiado por la princesa Ben-Abend, a estas horas ya no se encontraría vivo —dijo fríamente Culquelubi—. Debiérais darme las gracias por no haberle dado muerte.

—¡Sois implacable, Culquelubi! ¡Razón tienen en llamaros la más feroz pantera de Argel!

—En eso estriba mi fuerza —respondió el corsario con una sonrisa sardónica.

—¿Dónde está el barón?

—Está ya lejos.

—¿En qué sitio?

—Eso es lo que no puedo deciros.

—¡Quiero verle!

—¿Para salvarle?

—¡Eso no os importa!

—¡Alto, amiga mía! Olvidáis que es un cristiano, que yo soy un musulmán y que estoy, además, encargado de administrar justicia. Pude satisfacer un capricho vuestro, porque nada me iba en ello y porque siempre os he profesado una verdadera amistad; pero aquí termina todo. La condesa de Santafiora es vuestra, y yo os la dejo de buen grado, porque para mí no es más que una esclava. El barón es mi prisionero ahora, y permanecerá en mi poder.

—¡Cómo! —rugió la princesa con furor—. ¿Os atreveréis ... ?

—¿A qué? ¿A conservar el prisionero? ¡Naturalmente! Los moros le habían denunciado como cristiano, y no había ordenado su prisión. Entonces le defendisteis vos, luego me lo restituisteis, y ahora lo conservo.

—¡Culquelubi, sois un infame!

—No; soy un defensor del isla mismo y un implacable enemigo de los cristianos. Ni más ni menos.

—¡Dejadme verle, por lo menos!

—Seríais capaz de auxiliar su fuga.

—¡Le habéis asesinado!

—Juro sobre el Corán que está vivo y que dentro de algunos días acaso esté mejor que nosotros.

—¿Y esa cristiana?

—Ignoro dónde se halla; mas espero encontrarla pronto. ¿Qué pensáis hacer con ella?

—¡La mataré! —gritó Amina, con exaltación.

—¿Y vuestro hermano?

—¡No puede ser que la ame!

—Me han dicho que el conde de Santafiora había dejado una hija, y que ella fue dueña de vuestro hermano.

—¡Todo se conjura en contra mía! —exclamó la princesa con angustia.

Culquelubi se había levantado.

—Vos amáis al barón, ¿no es verdad?

—¡No sé si le odio o si le amo!

—¿Y una princesa mora, una descendiente de reyes musulmanes que lucharon siglos en España en defensa de nuestra fe, osaría...?

—¡También el sultán de Constantinopla, el jefe de los creyentes, ha amado a una cristiana![1] La mujer de Solimán, ¿no era, por ventura, una italiana? ¡Responded, Culquelubi!

El corsario, sorprendido, sin duda, por la pregunta, se limitó a encogerse de hombros.

—¡Por última vez, devolvedme al prisionero! —dijo Amina.

—¡Es imposible! —respondió con acento inflexible Culquelubi—. ¡Se diría que me vuelvo protector de los infieles! El barón será un esclavo como los demás. Es todo lo que puedo hacer por vos, Amina.

—¡No sabéis aún de lo que soy capaz!

—¿Pretendéis matarme como a mis genízaros? —dijo en tono de burla Culquelubi.

—¡Ah! ¿Conque todos vais contra mí, incluso mi propio hermano? ¡Pues bien; Amina Ben-Abend os desafía!

Dicho esto se echó el velo sobre la cara y salió de la sala sin volver la cabeza, mientras Culquelubi retornaba a su diván, murmurando:

—¡Los descendientes de los califas de Córdoba y Granada degeneran! Sin embargo, hay que vivir alerta, porque Amina es capaz de inventar cualquier locura por vengarse.

---

1   Roscelana, robada por los corsarios berberiscos, llegó después a sultana, y también la noble veneciana Bafa, mujer de Murad. Entrambas eran cristianas e italianas.

CAPÍTULO III

LA PERSECUCIÓN DEL NORMANDO

Mientras el barón y Cabeza de Hierro, uno después del otro, eran capturados por los moros, el bravo normando, como hemos visto, se había lanzado delante de la banda de las cabidas con la esperanza de salvar a sus compañeros, y especialmente de librar con mayor probabilidad la propia piel, a la sazón tan peligrosamente comprometida.

El astuto fregatario no ignoraba que, de caer en poder de los moros, no emplearían con él contemplación alguna, y que no alcanzarían mejor suerte los valerosos marineros de la falúa.

Aunque su caballo estaba rendido por aquella larga carrera, con dos enérgicos espolazos le había obligado a emprender el galope, resuelto, como estaba, a aprovechar las pocas fuerzas que le quedaban al pobre cuadrúpedo.

Cuidándose, sobre todo, de perder de vista a los moros, se había ocultado en medio de un espeso bosque de encinas. Había formado su plan, y estaba seguro de librarse presto de sus perseguidores.

Mientras el caballo, haciendo un supremo esfuerzo, desfilaba por entre los troncos jadeante y casi sin aliento, el normando, sin cuidarse de la dirección que seguía, se irguió sobre los estribos para mirar atentamente por entre las ramas que se extendían sobre él horizontalmente.

Una vez desembarazado del mosquete, se anudó la capa al cuello para estar más libre. Sin embargo, había conservado las pistolas y el yatagán.

Los cabileños, cuyos caballos estaban rendidos de cansancio, se quedaron al otro lado del bosque.

—¡Ahora vais a ver lo que es bueno! —dijo el fregatario, alzándose de vez en cuando sobre la silla.

Cincuenta pasos delante de él, una gruesa rama de una encina colosal se extendía horizontalmente a cuatro metros del suelo.

El fregatario, que la había observado con atención, abandonó rápidamente los estribos, se arrodilló sobre la silla, manteniéndose en equilibrio, y cuando estuvo bajo la rama, alargó el brazo y se aferró a ella en el mismo instante en que daba al caballo un espolazo tremendo.

Con una destreza que habría envidiado el más ágil gimnasta se puso a horcajadas sobre la rama y se deslizó velozmente hasta el tronco. Llegado a él, ascendió hasta la copa, donde el follaje era más espeso, y se acurrucó entre las hojas.

El caballo, sintiéndose libre y más ligero, había continuado su carrera vertiginosa a través del bosque.

Todavía se escuchaba el galope precipitado del animal, cuando pasaron bajo la encina como un huracán los grupos de cabileños.

No sospechando la astucia del normando, seguían su desenfrenada carrera en pos del caballo fugitivo.

—¡He aquí lo que se llama una jugada de maestro! —dijo el fregatario, riendo silenciosamente—. Cuando alcancen a mi caballo y vean la silla vacía, creerán que me he roto los cascos contra un árbol, y no volverán a pensar en mí. Esperemos a que caiga la noche, y luego iremos a enterarnos de lo que ha sido del barón y dé Cabeza de Hierro. ¡Si hubieran podido salvarse!

Estando cansadísimo, fue a sentarse en la bifurcación de una rama, y para mayor precaución se ató con la faja de lana para evitar una caída.

En lontananza se escuchaban todavía los gritos de los cabileños, que cada vez se alejaban más. Sin duda, el caballo galopaba aún por el centro del bosque.

Durante más de una hora el fregatario, estuvo apoyado entre las ramas, con el oído siempre alerta. En el bosque ya no se oía ningún rumor, y, sin embargo, no se atrevía a salir de su escondite.

No era el temor a los cabileños lo que le retenía en aquel sitio, sino a los moros y a los halconeros, que podían haber seguido sus huellas; y este temor le retenía tanto más, cuanto que estaba seguro de que su cualidad de fregatario le condenaba irremisiblemente a la muerte más horrenda.

Muchas veces, arrastrado por una impaciencia irresistible, había abandonado la rama salvadora, resuelto a bajar al bosque; pero el rumor de las hojas, producido quizá por alguna gacela, le impulsaba de nuevo a encaramarse en el árbol.

Tranquilizado al fin por el silencio que reinaba en la selva, y más aún por la oscuridad de la noche, que ya había cerrado completamente, se dejó deslizar a tierra.

Entonces cebó las pistolas, empuñó el yatagán y se atrevió a penetrar entre las plantas con el propósito de llegar a la colina, que no debía de estar muy lejos, según su presunción.

La noche era tan oscura que apenas se distinguían los troncos de los árboles a dos pasos de distancia.

El normando, que temía siempre caer ;en alguna emboscada preparada; contra él por los halconeros, avanzaba con extremada prudencia. Además, no solo debía guardarse de los hombres, sino de las fibras, de los leones, que en aquel tiempo eran abundantísimos en las llanuras de Medeah, donde encontraban fácil y abundante presa en los aduares de las cabilas.

Más de una vez habían llegado a sus oídos crujidos de hojas secas y de ramas, que lo mismo podían ser producidos por gacelas inofensivas que por panteras o leones.

De pronto le pareció escuchar detrás de sí un rumor extraño que seguía sus pasos.

Se detuvo, apoyándose contra el tronco de un árbol, con la curiosidad de averiguar qué clase de animal se atrevía a darle caza.

¡Veamos! —dijo—. ¡No me gusta ser seguido!

Se agazapó tras del árbol, teniendo el yatagán fuertemente apretado en una mano, y la otra apoyada en la culata de la pistola.

El extraño rumor cesó en aquel momento por completo. No obstante, se mantuvo inmóvil durante algunos minutos, procurando ver si distinguía algo bajo la sombra proyectada por la encina.

Un ligero crepitar de hojas secas le reveló que no se había engañado. Alguien le seguía, ya fuese un hombre o un animal.

Otro minuto transcurrió.

Entonces distinguió dos puntos fosforescentes que parecían acecharle.

—Si fuese un león, ya se habría anunciado con algún rugido —murmuró—. Por fuerza tiene que ser una pantera. ¡Después de los hombres las fieras! ¡He cometido una locura al desprenderme del mosquete! Pero, ¡que diablo!, ahora las recriminaciones son inútiles. Por otra parte, no estoy inerme, y si me acomete, tendrá que habérselas conmigo.

La fiera, pantera, león o lo que fuese, no parecía mostrar gran apresuramiento en lanzarse sobre el normando. Sin duda había advertido que el hombre estaba armado, y no osaba atacarle directamente, esperando ocasión más propicia para caer sobre el.

Así permanecieron ambos adversarios, uno frente al otro, largo rato. Por fin, el fregatario, impaciente, se decidió a moverse.

—Si no tiene coraje para embestirme es inútil que pierda el tiempo en esperarla —dijo—. Guardare las espaldas y procuraré llegar a la colina. Allá arriba estaré tranquilo.

Montó la pistola, por última vez miró a la fiera, que conservaba la más absoluta inmovilidad, y emprendió el camino, aunque sin dejar de volver la cabeza a cada instante.

Apenas había andado unos cuantos pasos, cuando dejó de ver los dos puntos fosforescentes.

—¿Habrá renunciado a seguirme, o habrá dado un rodeo para sorprenderme más adelante? —se preguntó, no sin cierta ansiedad.

Aunque el fregatario tenía una gran dosis de valor, no por eso dejó de inquietarle esta duda.

Decidido a apretar el paso para no dejarse preceder por la fiera, se lanzó a todo correr, procurando alejarse de los árboles, que cada vez abundaban menos.

De un solo aliento recorrió así doscientos pasos. Ya distinguía las márgenes de la selva, cuando sintió que se precipitaba sobre él una masa pesada que le derribó en tierra.

Por fortuna, tuvo tiempo de volverse y cayó, no de bruces, sino de espaldas. Entonces vio delante de sí un enorme animal que se le echaba encima. Rápido como el relámpago, le tiró una cuchillada de yatagán con toda la fuerza de su fornido brazo.

La fiera, herida, retrocedió. De un salto se había lanzado sobre una rama baja, y de otro salto se encontró en medio de las hojas, manifestando su dolor y su cólera con sordos bramidos.

El normando, salvado milagrosamente de una muerta cierta, se había levantado con prontitud y alzó el yatagán, creyendo que la fiera volvería al asalto.

Pero la pantera se limitó a sacudir la rama en que se había refugiado y a maullar como un gato furioso. Viéndola en aquella actitud, el normando volvió la espalda y huyó a todo correr, para ponerse en salvo en la colina, que empezaba a entrever entre el follaje de los últimos árboles.

En menos de cinco minutos llegó a la margen del bosque, encontrándose precisamente en el mismo sitio donde había ocurrido el encuentro entre el barón y los moros.

—¡Aquí fue donde nos separamos! —exclamó—. ¡Veamos si puedo hallar indicios de aquel caballero! ¡Qué veo!

Una masa blanca había atraído sus miradas. Aquella masa yacía sobre la hierba, y en torno suyo giraban siete u ocho animales semejantes a pequeños lobos, con las patas altas, la cola erguida y la piel rojiza, aullando lamentablemente.

—¡Si se reúnen aquí los chacales es que hay presa segura! —murmuró.

Y se lanzó hacia adelante, blandiendo el yatagán y gritando. Los nocturnos y siniestros animales huyeron en todas direcciones.

—¡Un caballo muerto! —exclamó el marinero, agachándose sobre la masa blanquecina—. ¿Acaso se habrá dejado coger el barón?

Se agachó un poco más y examinó atentamente el terreno. Entonces sus ojos tropezaron con una de esas pistolas de cañón con arabescos dorados que usan los moros. Un poco más lejos se veía una gran mancha de sangre.

—¡Aquí han dado muerte a un hombre! —dijo—. ¿Habrá sido el barón o algún moro? ¡Cuánto daría por saberlo!

Iba a continuar sus indagaciones con el objeto de ver si descubría alguna cosa que le permitiese adivinar lo que había ocurrido después de su retirada, cuando un disparo, seguido súbitamente por otro, resonó cerca de las márgenes del bosque.

En aquel momento se oyó un grito humano estridente y angustioso.

—¡A mí, Ibrahim! ¡Auxilio! —había gritado una voz.

—¡La pantera ha acometido a un hombre! —exclamó el normando.

Y sin pensar que podía encontrarse frente a frente de sus enemigos; no escuchando más que la generosidad y el propio valor, en vez de huir, el fregatario se lanzó en dirección del bosque.

El grito volvió a repetirse con mayor angustia:

—¡Auxilio, Ibrahim!

En dos saltos el normando llegó hasta los primeros árboles.

Una espantosa escena se ofreció entonces a sus ojos.

Un hombre, un moro de las cabilas probablemente, yacía en el suelo, y sobre él estaba una fiera: la misma que asaltó al normando pocos momentos antes.

El hombre se defendía desesperadamente, mientras la fiera se disponía a hundirle las garras en el cuello.

—¡Ah, canalla! —gritó el normando.

Y de un salto se lanzó sobre la fiera. Al advertir su presencia, la pantera se volvió con rapidez y se dispuso a embestir a su adversario.

El fregatario, rápido como el pensamiento, le descargó a boca de jarro la pistola sobre las abiertas fauces. Cegado por la sangre el feroz animal, y luchando con las convulsiones de la agonía, se arrojó de nuevo sobre el desgraciado que tenía bajo sus garras. Pero un segundo golpe de yatagán acabó con su vida en un minuto.

En aquel momento, otro hombre, armado con un enorme mosquete, se lanzó fuera de la espesura, gritando ansiosamente:

—¡Ahmed! ¡Ahmed!

—¡Llegas un poco tarde, amigo! —dijo el normando—. ¡El asunto ha concluido!

El recién llegado era un hermoso joven de elevada estatura, de facciones correctas y piel bronceada. Vestía un sencillo traje de tela gruesa, muy semejante a los que se usan todavía en algunas cabilas.

—¡Acabas de salvar a mi hermano! —dijo efusivamente—. Te lo agradezco; mi gratitud será eterna!

—Veamos, ante todo, si he llegado a tiempo —replicó el fregatario, inclinándose sobre el herido.

El hombre que había sido atacado por la pantera procuraba incorporarse. Estaba cubierto de sangre, que brotaba en abundancia de dos profundas heridas que tenía en la espalda.

El terrible carnívoro le había clavado las garras en la carne; aunque, por fortuna, las heridas no ofrecían peligro de muerte.

El herido, que era también un joven muy robusto, no dejaba escapar ninguna queja. Al ponerse en pie alargó la mano a su salvador, diciéndole:

—¡Te debo la vida! ¡En cualquier momento que tengas necesidad de un amigo verdadero, acuérdate de Ahmed-Zin!

—¡He aquí dos amigos que un día podrán prestarme servicios preciosos! —pensó el normando.

Ibrahim se había quitado la faja que le ceñía el cuerpo y, empapándola en agua de un pozo que se encontraba en aquel sitio, lavó con mucho cuidado las heridas de Ahmed.

—¿Puedes andar? —preguntó a su hermano—. Nuestro aduar no está lejos.

—Si no te disgusta, te ayudaré —dijo el normando, el cual buscaba un refugio para pasar la noche.

—Mi tienda es tuya, como tuyos son mis carneros y mis camellos —respondió Ibrahim—. Seremos muy dichosos teniendo como huésped un hombre tan valiente como tú.

—¿Dónde está tu aduar?

—Allá abajo, detrás de ese bosque.

El normando arrancó un pedazo de tela de su capa y vendó las heridas para contener la sangre, que manaba de ellas en abundancia. Después hizo que el pobre joven se apoyase en su brazo, y siguieron a Ibrahim, que los precedía con paso rápido.

En efecto, el aduar estaba muy cerca. Como todos los argelinos, se componía de dos tiendas de gruesa tela parda, de forma rectangular, rodeando un recinto formado por cañas secas y hojas de áloe.

En torno de las tiendas pastaban muchos carneros bajo la vigilancia de un enorme mastín y de un negro; un esclavo, seguramente.

El herido fue colocado sobre un lecho de pieles y de viejos tapices. Luego Ibrahim llevó al normando al exterior de la tienda, diciéndole:

—Eres mi huésped; manda.

—No pido más que una cena y una estera donde pueda acurrucarme un par de horas. Estoy hambriento y cansado.

—Tendrás todo lo que deseas —respondió el moro—. Espérame un momento.

Mientras preparaba la cena, ayudado por el negro, el normando se había dirigido hacia el vallado de cañas, y desde allí observaba con atención la colina, en cuya base se había separado del barón.

—Este moro debe de haber visto todo lo que ha ocurrido entre el barón y sus perseguidores. Es imposible que no sepa lo ocurrido esta mañana. Le interrogaré:

—Ya está servida la cena —dijo en aquel momento Ibrahim—. Entra en la tienda.

Sobre una estera, tapizada de hojas verdes, había dispuesto un cabritillo asado, tortas de harina cocidas al horno y magníficos racimos de dátiles.

El normando, después de beber un jarro de agua mezclada con leche de camella, la emprendió con el asado, las tortas y las frutas, con gran satisfacción, del pastor, que se mostraba satisfechísimo al verle hacer honor a la cena.

—¿Eres extranjero? —preguntó el moro después que el normando hubo saciado el hambre.

—Sí —respondió este—. Soy de Túnez, y mi barca se encuentra ahora en Argel.

—¿De modo que te marcharás pronto?

—Dentro de cuatro o cinco horas, si puedes facilitarme un camello o un caballo.

—Todo lo que yo tengo es tuyo.

Escoge entre mis bestias la que más te agrade.

—¡Gracias! ¡Eres generoso!

—Tengo el deber de no negarte nada. Sin tu auxilio, la pantera habría devorado a mi hermano, pues lo que es mi ayuda hubiese llegado tarde.

—¿Volvíais del pastoreo?

—No; nos habíamos ocultado en el bosque para descubrir la fiera, que ha hecho verdaderos estragos en nuestro ganado. Tú nos has librado de ella.

—¡No hablemos más de eso!

—Y tú, ¿qué hacías en la selva?

—Me he extraviado siguiendo a una gacela que había herido esta mañana y que los halconeros perseguían.

—Entonces estabas con los moros que cazaban en la llanura —dijo el pastor.

—Sí; estaba con ellos.

—Debió de estallar una pendencia entre esas gentes —añadió Ibrahim—. ¿Estabas tú presente?

—¿Una pendencia? —exclamó el normando, fingiendo la mayor sorpresa.

—¿No lo sabes?

—No; porque, como acabo de decirte, me había separado de los compañeros para seguir a una gacela.

—Y hasta han matado a uno —prosiguió el cabileño—; a un moro.

—¿Y por quién fue muerto?

—Por un joven marroquí.

—¿Montaba su caballo blanco?

—Sí —respondió el cabileño—. Debía de ser un joven muy valiente y muy diestro en el manejo de las armas, porque antes de rendirse derribó a un jinete, y después el caballo de otro.

—¿Y le mataron? —preguntó el normando.

—No; porque poco después volví a verle en la silla, rodeado de los hombres que le habían seguido.

—¿Estás seguro de ello?

—¡Y tanto! Como que estaba escondido detrás de una roca a menos de cincuenta pasos del sitio de la pelea!

El normando respiró con satisfacción.

—¡Le han aprisionado! —pensó—. ¡Entonces, aún no está todo perdido!

Y después, volviéndose hacia el cabileño, dijo en alta voz:

—¿Has observado a un moro ricamente vestido que montaba un soberbio caballo morcillo?

—Sí, y puedo decirte que él fue quien impidió a los otros que diesen muerte a aquel bravo joven. No debía de ser el único prisionero ese joven.

—¿Por qué?

—Porque poco antes vi en su compañía otro que huyó por el bosque.

—¿Y no le siguieron?

—Sí, muchos cabileños que estaban de paso, a los cuales quizá aquellos moros habían prometido un premio si llegaban a capturarle.

—¿Y le prendieron?

—No lo sé, porque no he visto volver al fugitivo ni a sus perseguidores.

—Pues mañana sabré el motivo que ha causado esa contienda. Dame un tapiz o una estera, prepárame un camello o un asno, si es que lo tienes, y déjame dormir hasta media noche.

—Se hará todo lo que deseas. Pero no olvides que espero volver a verte un día. Desde hoy te considero como un hermano.

—Muchas gracias —respondió el normando—. Es posible que todavía tenga necesidad de mi hermano Ibrahim.

El negro había preparado un lecho de pieles de cordero en la otra tienda, que estaba próxima a la ocupada por el herido.

El normando, que estaba rendido de fatiga, se arrojó sobre las pieles y se durmió a los pocos momentos, mientras el negro y el cabileño, sentados cerca del fuego, velaban por la seguridad del ganado.

A media noche, una mula, elegida entre las cuatro o cinco que poseía el cabileño, se encontraba enjaezada.

—¡Hermano, ya es hora! —dijo el pastor, sacudiendo suavemente al fregatario.

El normando se puso de pie.

—Hace buen tiempo —dijo— y llegaré a Argel sin tormenta.

—¿Te vas en seguida? —preguntó Ibrahim.

—Sí; me corre prisa llegar a la ciudad.

—Espero que volveremos a vernos. Acuérdate de que dejas aquí dos hermanos.

—¡Gracias; no lo olvidaré! Saluda al hermano Ahmed, a quien espero ver curado pronto.

—¡Que Dios te guarde y el santo Profeta te proteja!

El normando abrazó al cabileño y montó en la mula, que trotaba como un caballo.

—¡Vamos a ver al mirab ante todo! —murmuró—. ¡El me aconsejará lo que debe hacerse!

Y jinete y mula se perdieron poco a poco en la llanura silenciosa.

CAPÍTULO IV

EN LA ERMITA DEL "MIRAB"

Seis horas después, es decir, un poco antes de que despuntase el alba, el normando llegaba felizmente detrás de la Casbah y se detenía delante de la morada del ex templario.

Viendo brillar a través de las rendijas de la puerta un hilo de luz, se apresuró a llamar, después de haber atado la mula al tronco de la encina que crecía al lado de la pequeña habitación.

La voz del viejo respondió en el acto.

—¿Quién me busca?

—¡El normando!

La puerta se abrió.

—¡Te esperaba! —dijo mirab, haciéndole entrar y cerrando la puerta—. Traes malas noticias; ¿no es cierto, Miguel?

—¿Luego sabéis...?

—Ayer he visto entrar en la ciudad a Zuleik, que conducía prisionero al barón de Santelmo, escoltado por algunos moros.

—Entonces es inútil que os cuente...

—Al contrario, debes contármelo todo —dijo el mirab.

El normando no se lo hizo decir dos veces. El viejo le escuchó atentamente sin interrumpirle; después, cuando el fregatario hubo terminado la reseña de aquella desgraciada expedición, dijo:

—¡Lo había previsto!

—Hemos estado desgraciados, señor, y nada más. Ahora quisiera saber lo que hará Zuleik con el barón. ¿Le denunciará a Culquelubi?

—Lo dudo.

—¿Por qué?

—Porque hay una persona que le protege y a quien todo Argel respeta.

—¿Aquella dama mora?

—Sí, y hoy he sabido quién es —dijo el mirab, sonriendo—. Tú sabes que tengo muchas relaciones y hasta una especie de policía secreta que me ayuda en las evasiones de los pobres cristianos.

—Eso no es nuevo para mí.

—¿Sabes quién es aquella dama?

—No acierto a adivinarlo.

—La princesa Amina Ben-Abend, la joven viuda de Sidi-Alí-Mamí, el famoso navegante del Mediterráneo; la hermana de Zuleik; en suma.

—¡Voto a mil bombardas! —exclamó el normando—. ¡Qué extraña combinación! ¡La hermana de Zuleik protectora del barón! ¡Entonces está a salvo, a menos que el hermano consiga arrancárselo a viva fuerza! ¡No se atreverá a ponerse enfrente de Amina! ¡La energía de esa mujer es indomable! ¿Estará quizá enamorada del barón?

—Es posible —respondió el mirab.

—¿Y si el barón, que ama a la condesa, no corresponde a su cariño?

—En eso está el peligro. Amina no le perdonaría nunca semejante afrenta, y se vengaría de una manera implacable.

—Y probablemente haría también víctima de su odio a la misma condesa.

—Pero ella está segura dentro de las murallas de la Casbah.

—¿Qué decís?

—Lo que oyes. La condesa de Santafiora ha sido elegida por los agentes del bey, y conducida a la Casbah como esclava.

—¡Entonces está perdida, lo mismo para el barón que para Zuleik!

—En efecto; no será fácil libertarla de aquel lugar. No obstante, prefiero verla esclava del bey a que se encuentre en poder de Zuleik. Yo tengo entrada franca en la corte, en mi calidad de jefe de los derviches, y no me será difícil verla, y aun hablarla, pues hasta que entre en el harén no puede ser recluida en absoluto, y en el harén no puede entrar en algunos meses.

—¿Y por qué no antes?

—Porque, ante todo, tiene que aprender la lengua árabe, tocar la tiorba y cantar; es decir, transformarse en una verdadera musulmana, y estas cosas no se aprenden en quince días.

—Nunca he necesitado más tiempo para salvar a un cristiano y preparar su fuga del presidio.

—La Casbah no es un presidio, y tendremos que vencer dificultades enormes para robar a la condesa. Pero ya llega el alba, y debo ir a la mezquita. ¿Quieres aguardarme aquí? Espero traerte noticias del barón.

—Desearía ver a mis gentes.

—Tu falúa sigue en el puerto y nadie se cuida de ella. Yo haré que tus marineros conozcan tu regreso. No es prudente, después de lo ocurrido, que te aventures por las calles de Argel, y mucho menos habiéndote visto Zuleik y sus moros. Aquí tienes una buena cama, víveres, tabaco y alguna botella de buen vino. Como ves, hay más de lo necesario para no aburrirse.

—No puedo pedir más —respondió el normando—. Dormiré algunas horas, porque aun tengo necesidad de descanso. ¿Cuándo volveréis?

—Después del mediodía.

Dicho esto, el mirab se echó sobre los hombros el abrigo, tomó el bastón y salió a la calle.

Una vez cerrada la puerta, el normando se echó en la cama y reanudó el sueño que había interrumpido la noche anterior.

Cuando abrió los ojos ya era más de mediodía y, sin embargo, el mirab no se había presentado aún. Pero no le inquietó aquella tardanza, pues sabía que el viejo gozaba de mucha consideración entre los berberiscos a causa de su condición de jefe de una de las Ordenes religiosas más respetadas.

Se preparó la comida, a la cual hizo mucho honor, acompañando los manjares con un par de botellas que el viejo templario tenía escondidas en la tumba donde después de su muerte debía ser enterrado el santo musulmán.

Transcurrió el día entero sin que el viejo apareciese.

—¿Qué le habrá pasado al mirab? —se preguntaba el normando.

Salió muchas veces a la puerta, esperando verle volver; pero en vano. Un poco inquieto ya, se preparaba a desatar la mula, decidido a seguir hasta la casa del renegado, cuando le vio regresar. No obstante su edad avanzada, el ex templario marchaba de prisa.

—No me esperabas ya, ¿verdad, Miguel? —dijo el viejo, entrando y dejándose caer sobre el diván.

—En efecto; estaba muy inquieto por vuestra tardanza.

—Tengo muchas cosas que contarte.

—¿Buenas?

—El mirab bebió un trago de vino que el normando le escanciaba, y después replicó con cierto mal humor:

—No son muy buenas, en efecto. La hermana de Zuleik ha comprometido gravemente al barón.

—¿Comprometido?

—De tal modo que dudo que pueda librarse de las iras de ese monstruo de Culquelubi.

—¿Qué decís?

—Traicionado no sé por quién, pero probablemente por los moros o halconeros que acompañaban a Zuleik en su partida de caza, ha sido denunciado al capitán general.

—¿Y ha sido arrestado? —preguntó el normando, palideciendo.

—Todavía no. La princesa dispuso que sus gentes recibieron a los genízaros de Culquelubi a mazazos, poniéndolos en fuga y arrancando al caballero de su poder, después de matar a algunos de ellos.

—¿Y adónde le han llevado?

—Eso se ignora; pero Culquelubi dará con él, y entonces se vengará, a pesar de la princesa.

—Si llegan a prenderle, yo también me veré envuelto en la catástrofe. Le pondrán en el tormento para saber quién ha sido la persona que lo ha conducido a Argel.

—Ese caballero se dejará matar antes de descubrir tu nombre —respondió el mirab.

—¿Y creéis que el otro resistirá?

—¿Cuál otro?

—Su criado.

—¿Cabeza de Hierro?

—Sí.

—No había pensado en él.

—¿Sabéis si también está preso?

—Lo está, Miguel.

—Pues entonces mi muerte es cosa segura —dijo el normando, palideciendo—. ¡Ese bravucón nos denunciará a todos por salvar la piel!

—Todavía no se encuentra entre las garras de los genízaros de Culquelubi —dijo el mirab—. ¿Quién sabe dónde le habrá escondido la princesa? Pero, en fin, pronto sabremos todo lo que sucede en el palacio del capitán general. Un esclavo cristiano nos informará de todo.

—¿Y no tenéis ninguna noticia de la condesa?

—No me ha sido posible entrar en la Casbah, porque el bey tenía que recibir hoy a una embajada francesa. Mañana trataré de verla.

—¿Y mis gentes?

—Ya saben que has vuelto y que no corres peligro alguno. Cenemos, y después a dormir. No soy un chico, y los años cada vez me pesan más.

La cena no fue muy alegre. Ambos estaban preocupados; su pensamiento volvía siempre a Culquelubi, pues temían, con razón, que aquel monstruo realizara una de sus frecuentes venganzas.

A la mañana siguiente, sus temores se redoblaron. Un cristiano disfrazado de árabe les había llevado las gravísimas noticias que ya conocen los lectores de esta verídica historia. La captura del barón en el castillo de la primera mora, su interrogatorio y las confesiones arrancadas por el delirio del tormento, y, por último, su conducción, en compañía de Cabeza de Hierro, al presidio de Zidi-Hasan.

—¡La catástrofe no puede ser más completa! —dijo el normando cuando se encontró a solas con el mirab—. Comienzo a desconfiar del buen éxito de nuestra empresa, señor, y siento que el más profundo desaliento se apodera de mí.

—Haces mal —respondió el ex templario.

—¿Qué decís?

—El presidio de Zidi-Hasan no es la Casbah, y aunque Culquelubi haya conseguido apoderarse del barón, cosa que yo no creía, no dudo de conseguir su huida. No será el primero a quien haya libertado.

—Los genízaros velarán sobre él. Me sorprende que el capitán de las galeras, tan feroz siempre con los cristianos, no haya mandado empalar a ese pobre joven.

—También a mí me admira —dijo el mirab—. Los cristianos sorprendidos en Argel nunca encontraron gracia cerca de esa pantera, y ha mandado matarlos con los suplicios más atroces.

—Así es.

—Debe de andar en ello la mano de la princesa. De fijo, Culquelubi no se ha atrevido a inmolar a un hombre protegido por la hermana de Zuleik.

—¿Es posible que la princesa logre sacarle del presidio?

—Eso mismo estaba pensando en este momento, y quizá...

—¿Qué?

—Quizá me atreva a intentar un golpe de audacia.

—¿Cuál?

—Ir a ver a Amina.

—¡Os comprometeríais! ¡Un jefe de los derviches entremeterse en la liberación de un cristiano! ¡Pensadlo bien, señor!

—Está pensado.

—¿Qué vais a hacer?

—Ir a verla —respondió el viejo, con acento resuelto—. Esa generosidad de Culquelubi me infunde miedo.

—¿Por qué?

—Porque temo que haya respetado la vida del barón y la del catalán con la esperanza de poder arrancarles otras confesiones que podrían envolver mi ruina, la tuya y hasta la de tus gentes. Sé que Culquelubi ha jurado la destrucción de los fregatarios, que todos los años roban un buen número de esclavos, y estoy convencido de que hará todo lo imaginable para descubrir a los que han conducido al barón a Argel.

—¿Eso teméis?

—Eso temo. Si ayer no pudo obtener esa confesión, la obtendrá otro día. ¡Oh! Conozco la astucia y la ferocidad de ese hombre, y si no nos apresuramos a arrancar los prisioneros de sus manos, ninguno de nosotros puede estar seguro de ver el alba o el anochecer de mañana.

—¡Me aterrorizáis, señor!

—Ya ves que debemos obrar. Si consigo recabar el auxilio de la princesa, Culquelubi acabará por perder la partida. Los Ben-Abend son poderosos.

—¿Y Zuleik?

—De ese hemos de guardamos, pues tenemos interés en que no sepa nada, toda vez que no habría de ayudarnos a salvar a un rival.

—Cierto.

—¡No perdamos tiempo!

—¿Estáis decidido?

—Más que nunca.

—¡Pensadlo bien!

—Todo está reflexionado.

—¿Podré seros útil?

—Tú rondarás por las cercanías del presidio. ¡Quién sabe! Acaso puedas recoger alguna noticia acerca del barón.

—Lo haré.

—Evita, sin embargo, las calles frecuentadas y cambia de traje; los disfraces no faltan en Argel.

—¿Queréis utilizar mi mula?

—Sí —respondió el mirab—. Esta noche nos volveremos a ver aquí o en casa del renegado.

El normando le ayudó a montar sobre la cabalgadura.

Después, el viejo se puso en camino con dirección a la ciudad. Hacía ya mucho tiempo que conocía el palacio de Amina, uno de los más espléndidos de la ciudad de Argel.

Para pasar inadvertido, el viejo mirab cruzó por las calles más extraviadas, y a eso de las diez de la mañana se detenía delante del palacio de los Ben-Abend, siendo saludado por la guardia.

Su condición de jefe de los derviches le abría todas las puertas.

Descendiendo de la mula, el viejo se dirigió a uno de los criados y le dijo:

—Advertid a la señora que deseo verla.

Pocos momentos después, el mayordomo apareció en la entrada de palacio y acompañó al mirab hasta la puerta de una cámara lujosísima, adornada con tapices y divanes del mejor gusto. Sobre un pebetero dorado ardían suavemente los más delicados perfumes, esparciendo por toda la habitación aquel olor delicioso de que tanto gustan las poblaciones del África septentrional.

Amina, espléndidamente vestida, se encontraba ya recostada en uno de los divanes de aquella habitación.

Al ver entrar al mirab se había incorporado ligeramente, levantando el velo de muselina hasta la altura de los ojos.

—Salan Alikun[2], Amina Ben-Abend —dijo el viejo, inclinándose.

—Y contigo, santo varón —respondió la princesa—. ¿A qué debo el honor de la visita del jefe de los derviches? Si se trata de edificar alguna nueva mezquita o cualquier ermita, la bolsa de los Ben-Abend está abierta y puedes disponer de ella libremente, mirab.

---

2   La salud sea contigo.

—Mi venida no se relaciona con nuestra religión, princesa. Se trata de la salvación de un hombre que quizá interese a Amina Ben-Abend.

La mora no pudo contener un gesto de asombro.

—No te comprendo, santo varón —dijo después de un momento de silencio.

—Entonces, ¿a qué obedece vuestro asombro? Tengo la seguridad de que conocéis el nombre de la persona de quien os hablo.

La princesa le miró fijamente, sin decir una sola palabra.

—Vengo a hablaros del barón de Santelmo, de ese infortunado joven a quien habéis salvado de las garras de los genízaros de Culquelubi.

Presa del mayor asombro, Amina se levantó bruscamente y miró al viejo con un estupor imposible de describir. Una oleada de sangre había teñido su semblante color de púrpura.

—¿Tú? —exclamó—. ¿Tú, un mirab, un fanático musulmán, se interesa por un cristiano, por un infiel? ¿Es eso lo que dices?

—Sí, princesa —respondió el viejo con voz pausada—. Yo, jefe de una de las corporaciones religiosas más potentes, he dispensado mi protección al caballero de Santelmo. ¿Eso os asombra?

—¿Y no hay motivo para ello? Hasta hoy he oído a los ulemas y a los derviches tronar contra los infieles y predicar el exterminio de los cristianos.

—Los otros, sí; yo, no —dijo el ex templario—. Para mí, el cristiano es un hombre como el musulmán. Ambos han sido creados por Dios.

—¡Es un santo varón! —exclamó como hablando para sí la princesa. Luego, mirándole fijamente, dijo:

—¿Has conocido al barón?

—A él, no; pero sí a su padre.

—¿A su padre? ¿Cuándo?

—Hace ya muchos años. Entonces no era yo ni viejo ni mirab.

—¿Y por qué te interesas ahora por el hijo?

—Deseo pagar una deuda de gratitud a su padre, que me salvó la vida un día, y ahora trato yo de salvar la de su hijo. Por eso acudo a vos, princesa.

—¿A mí?

—Sabed que ese pobre joven está en las manos de Culquelubi.

—Lo sé —murmuró Amina con voz trémula.

—Es preciso libertarle, y no dudo que vos, princesa, me ayudaréis a ello.

—Entonces, ¿ignoras que fui yo misma quien lo entregó a Culquelubi?

—¿Vos? —exclamó el mirab con tono de censura.

—¡Sí, yo! Yo, que dominada por el demonio de los celos, cometí una indignidad. ¡Qué loca fui! ¡Culquelubi no le libertará nunca!

—¿Celosa de quién?

—¡De la condesa de Santafiora, de una cristiana!

—¿De su prometida?

—¿Prometida has dicho?

—Sí.

—¡Ah! —replicó Amina con doloroso acento—. ¡En tal caso debo considerarle perdido para mí!

Al decir esto se puso en pie y empezó a recorrer la habitación agitadamente. Después, volviéndose hacia el mirab, exclamó con tono conmovido:

—¡Los celos me impulsaron a cometer una locura! Comenzaba a amar a ese joven, que me recordaba a otro a quien adoré apasionadamente en mi juventud, cuando recorrí Italia en compañía de mi padre, buscando a Zuleik, robado por un corsario maltés. Reconozco que he cometido una infamia; ¡pero yo te juro sobre el Corán, mirab, que arrancaré esta pasión de mi pecho, y que he de poner todas mis fuerzas y mis riquezas a tu disposición para rescatar al barón de Santelmo!

—Sabía de antemano que la princesa Ben-Abend me ayudaría.

Dos lágrimas rodaron por las mejillas de la joven.

—¡Sí; he realizado una locura —dijo con voz triste—, cuyas consecuencias me fue imposible medir! ¡Una descendiente de los califas no puede llegar a ser la esposa de un caballero cristiano! Eso habría traído el deshonor sobre mi casa, y todos los mahometanos me habrían maldecido. ¡El odio religioso no disculparía la pasión de Amina!

Se volvió a sentar silenciosamente, sin cuidarse siquiera de ocultar sus lágrimas, y luego, con la mayor amargura, continuó:

—¡Y, sin embargo, yo amaba a ese joven de ojos azules y de cabellos rubios! ¡Le amaba por su valor antes de que le hubiese conocido! Cuando mi hermano me hablaba de él, de su valentía y gentileza, de su audacia en el terrible combate de San Pedro, sentía por ese hombre una admiración profunda y en el ánimo una viva turbación, pues una voz misteriosa me decía que el destino le pondría delante de mí! ¡Ese joven me recordaba un idilio comenzado en Italia con otro caballero, idilio terminado trágicamente aquí, en esta nefasta Argel, cueva de panteras sedientas de sangre! ¡Oh, días felices de mi juventud, transcurridos bajo el hermoso cielo de Italia, cuántas veces os recuerdo! ¡Todavía habría podido sentir idénticas emociones si el barón de Santelmo no hubiera conocido a esa cristiana! ¡Tú no sabes, mirab, qué sueños de venganza turbaron mi mente cuando llegué a saber que el cariño del barón me lo disputaba otra! ¡Si ayer hubiese descubierto a esa mujer, la habría inmolado con mis propias manos! ¡Pero basta ya! ¡La locura ha pasado, y la calina volverá poco a poco a mi corazón! ¡Sí; Amina no renegará de la fe de sus padres! Y ahora, dime, mirab: ¿qué puedo hacer por el barón? ¡Habla, antes de que pueda arrepentirme!

—Debemos salvarle, libertándole del presidio.

—¿Y no será eso una empresa superior a nuestras fuerzas? Culquelubi habrá ordenado que lo vigilen constantemente. Sin embargo, no desespero de alcanzar su libertad.

—¿Qué pensáis hacer?

—Tengo esclavos de una fidelidad a toda prueba y oro en abundancia. Con tales elementos, yo creo que se puede hacer una tentativa.

—¿Cuál?

—Comprar a los guardianes del presidio y sacar de él al barón. Déjame a mí el cuidado de preparar todo lo necesario para ello.

—Yo puedo poner a vuestra disposición doce marineros conducidos por un fregatario que no tienen miedo a los genízaros de Culquelubi.

—¿Es el mismo que ha conducido al barón? —preguntó Amina.

—¿Le conocéis quizá?

—Mis esclavos me habían informado de que el caballero llegó a bordo de una falúa mandada por un fregatario.

—Me asombra que vos, como musulmán, no hayáis denunciado a ese marinero.

—Yo no odio a los cristianos, y deploro su suerte. Dirás a esos hombres que estén preparados para ayudar a mis negros.

—¿Cuándo obraremos?

—Lo más pronto que sea posible, porque temo que Culquelubi tenga algún siniestro proyecto contra el barón. Hoy mismo sabré en qué calabozo están encerrados los prisioneros, y mañana por la noche intentaremos dar el golpe.

—¿Y luego?

—¿Qué más quieres?

—¿Y la cristiana?

Un relámpago de ira brilló en el rostro de la mora.

—¡La cristiana! —dijo—. ¡No!

¡Nunca, nunca tomaré parte en su libertad! ¡En esa mujer pensarás tú, mirab!

—¡Sea! —replicó el viejo, levantándose—. Hasta mañana, princesa, y contad con los marineros del fregatario.

CAPÍTULO V

EL PRESIDIO DE ZIDI-HASAN

El presidio de Zidi-Hasan era uno de los más terribles de los seis que había en Argelia, y también el que gozaba de la más triste celebridad, no teniendo que envidiar nada a las horribles prisiones de Salé, tan temidas por los esclavos cristianos.

Mientras en los otros presidios había espaciosos patios y vastas terrazas en los cuales los esclavos podían pasear libremente, y celdas sobre tierra, en Zidi-Hasan faltaba una cosa y otra. Los calabozos eran todos subterráneos, húmedos, tenebrosos, y pululaban en ellos verdaderos enjambres de escorpiones. Aquellas mazmorras recibían solamente un poco de aire a través de postigos pequeñísimos, defendidos por enormes barrotes de hierro, tan espesos que apenas permitían pasar la luz.

Y como si esto no bastara para evitar la evasión de los prisioneros, la mayor parte de ellos estaban encadenados y con centinelas de vista noche y día.

Nada más terrible que la existencia que llevaban en aquellos calabozos los esclavos cristianos. Su lecho consistía en un montón de paja húmeda, y su alimento en un pedazo de pan moreno. Por la menor infracción, por el más pequeño acto de rebeldía, eran azotados sin misericordia. Una tentativa de evasión se castigaba con la muerte más espantosa: unas veces el reo era atravesado por hierros enrojecidos;

otras era arrojado en fosas llenas de cal viva, y otras, descuartizados sin piedad.

Tal era el presidio de Zidi-Hasan, el más espantoso de todos, y cuyo solo nombre hacía temblar de horror a los treinta y seis mil esclavos de ambos sexos que en aquella época se encontraban en Argel.

El barón, presa todavía del delirio que le produjo el tormento ordenado por Culquelubi, había sido encerrado por orden de este, y en compañía de Cabeza de Hierro, en uno de aquellos horribles calabozos subterráneos, abiertos en la proximidad del mar, bajo una de las cuatro torres que defienden el presidio por la parte del golfo.

Por un capricho inexplicable, que no debía atribuirse a generosidad, el capitán general había dado órdenes de no encadenarlos, pero dispuso que se doblasen los centinelas delante del postigo que iluminaba la mazmorra y de la puerta que cerraba el calabozo.

Apenas entró en él, el barón había caído en un profundo letargo, que era de buen augurio. La exaltación producida por aquellas malditas gotas de agua había ya cesado, sin causar en el cerebro una gran perturbación, a juzgar por el aspecto del preso.

Aquel sueño tan repentino, que casi parecía un síncope, había, no obstante, asustado mucho a Cabeza de Hierro, cuyo cerebro no se encontraba en mejor situación que el de su amo.

—¡Va a morir entre mis manos! —se decía el desventurado catalán—. ¡Pobre de él, y pobre de mí también! ¡Van a cortarnos en pedazos, a despedazarnos entre potros, o nos arrojarán a alguna fosa llena de cal! ¡No; no saldremos vivos de las uñas de estos antropófagos, hijos del demonio!

Al decir esto se había acercado al barón, el cual yacía inerte sobre la húmeda estera. Entonces le contempló con los ojos doloridos y dilatados por el espanto.

En aquel momento, algunas palabras confusas salían de los labios del joven.

El caballero soñaba y hablaba en voz alta. Su cerebro, perturbado aún por aquel horrible tormento, evocaba recuerdos lejanos.

—¡Ahora la veo! —murmuraba—. ¡Allí está! ¡En la terraza! ¡Mira hacia el mar y saluda a mi galera! ¡He aquí la playa de San Pedro! ¡Pronto volveré a verla! ¿Qué es lo que hace Zuleik? ¿Por qué mira él también al mar? ¡Piensa en traicionarnos! ¡Me parece que busca una espada! ¡Me acecha como una pantera hambrienta! ¡Ese hombre me será fatal! ¡Guárdate de él, Ida! ¡Es astuto como la sierpe de la tierra africana!

—¡Pobre señor! —volvió a decir Cabeza de Hierro, con voz lastimera—. ¡Sueña con su prometida, a quien no volverá a ver! ¡El día que volvamos a ver el sol será el último para nosotros! ¡Qué bien estábamos en aquel maravilloso palacio de la princesa mora! ¡Ah!, infortunado Cabeza de Hierro! ¡Aquí acabarás tu honrada carrera, y la maza de armas de tus abuelos no volverá a Cataluña!

Y al decir esto se acurrucó cerca del barón, el cual en aquel momento parecía dormir tranquilamente. El silencio que reinaba en el calabozo solo era interrumpido por el andar acompasado de los vigilantes genízaros.

De cuando en cuando, sin embargo, algún grito que parecía salir de debajo de la tierra resonaba lúgubremente, acompañado de un siniestro rechinar de cadenas.

A pesar de su angustia, el catalán estaba ya a punto de dormirse, cuando sintió rechinar los goznes de la puerta.

Un guardián de aspecto áspero, y que llevaba en la mano un enorme látigo, entró en el calabozo, acompañado de dos genízaros con las cimitarras desenvainadas.

—¿Quién de ambos es el criado? —preguntó en pésimo italiano, encarándose con Cabeza de Hierro.

—¡Yo soy! —balbuceó el catalán, palideciendo.

—Pues, bien; sígueme, perro cristiano.

—¡Permitidme que vele por mi amo!

—De eso se encargarán los escorpiones! Y, además, me parece que ahora no te necesita, porque duerme.

—¿Qué desean de mí?

—Creo que tratan de escaldarte las plantas de los pies —respondió el guardián con un guiño de burla.

—¡Yo no he hecho mal a nadie!

—Eres un perro cristiano, y eso basta. Conque, ¡andando, vientre redondo, si no quieres que te haga bailar con el látigo como a un mico!

—¡Tened compasión de mi pobre amo!

—¡Nadie se lo comerá, porque los centinelas no son leones ni leopardos!

—¡Infortunado de mí! —gimió Cabeza de Hierro.

Un puntapié vigoroso le hizo levantarse del suelo precipitadamente.

—¡Condenados mahometanos! —dijo para sus adentros—. ¡Si tuviese aquí la maza de hierro, yo os haría respetar al último descendiente de los Barbosas!

—¡Adelante, poltrón! —gritó el carcelero—. ¡Estás temblando como una gacela!

—¡Yo! ¡Cabeza de Hierro!

—¡Cabeza de palo, andando!

Los dos genízaros, a una señal del carcelero, le habían cogido por los brazos, sacándole a empellones fuera del calabozo. El mísero catalán, un poco reacio y un mucho aterrado, fue llevado a una sala subterránea bajo el patio del presidio.

En poco estuvo que Cabeza de Hierro no cayese al suelo al ver en torno suyo garfios de acero, cuchillos puntiagudos, calderas gigantescas que debían de servir para el suplicio llamado de sciamgat, y para colmo de horror cuatro cabezas clavadas en garfios, que todavía goteaban sangre.

—¿Es esto un matadero? —preguntó, balbuciendo y castañeteando los dientes con terror.

—¡Sí, de los cristianos! —dijo el guardián con sonrisa atroz—. ¿Qué es esto? ¿Te sientes malo? ¡Estás lívido como la muerte! ¡Ea; voy a colorearte las mejillas con la sangre de tus compatriotas!

Y al decir esto señalaba las cabezas recién cortadas.

El catalán perdió en aquel momento toda su timidez. La ofensa del musulmán hizo hervir en sus venas toda la noble sangre de los Barbosas.

Con un soberbio gesto de indignación se irguió de pronto, y mirando cara a cara al miserable, le gritó:

—¡Toma, cobarde!

Y su pesada mano cayó sobre el rostro del vil carcelero, haciéndole girar dos o tres veces sobre sí mismo como una peonza.

Los genízaros que se encontraban en la sala, en vez de caer sobre el catalán, viendo al carcelero desplomarse sobre el pavimento, prorrumpieron en una carcajada general.

—¡Demonio con el panzudo! —había gritado uno.

—¡Eh, Daud; contesta a esa palmada, —respondió otro.

El carcelero, cuyo rostro estaba manchado con la sangre que le salía por la boca, se levantó del suelo blasfemando.

Iba a arrojarse sobre Cabeza de Hierro cuando entró en el subterráneo un viejo de aspecto majestuoso, con una larga barba gris, con inmenso turbante sobre la cabeza y el cuerpo envuelto en un amplio alquicel.

—¡El caíd! —exclamaron los genízaros.

El guardián se detuvo.

—¿Os golpeáis aquí? —dijo el viejo, arrugando la frente.

—¡Es este perro cristiano el que se atreve a rebelarse, señor! —respondió el carcelero.

—Y tú, que maltratas a los prisioneros, sin haber recibido orden para ello. ¡Vete a los calabozos!

Luego, acercándose a Cabeza de Hierro, que se mantenía en actitud de desafío, le miró atentamente.

—¿Eres italiano? —le preguntó.

—Español, señor, o mejor dicho, catalán.

—Te interrogaré en tu idioma, que conozco perfectamente. Eres escudero de un barón, ¿no es cierto?

—Del señor de Santelmo.

—Yo soy el caíd de Culquelubi.

—Y yo Cabeza de Hierro, último descendiente de la familia de los Barbosas.

El caíd sonrió, y luego dijo con cierta ironía:

—Si eres noble serás valeroso.

—¡Nunca conocí el miedo, señor!

—El capitán general de las galeras desea saber de ti quién es el que ha conducido a Argel al barón de Santelmo.

Cabeza de Hierro experimentó un escalofrío; pero tuvo el valor de permanecer callado.

—¿Me has entendido?

—No soy sordo.

—Pues respóndeme—dijo el caíd—. Y ten cuidado que no se te trabe la lengua, porque aquí hay muchos instrumentos que hacen hablar de corrido a los mudos más obstinados.

—¡Ya los veo! —respondió el desgraciado catalán, echando una mirada de angustia sobre todos aquellos utensilios de tortura.

—Entonces, habla.

—El que nos ha conducido a Argel es un tunecino traficante de esponjas.

—¿Es verdaderamente un tunecino?

—Así lo aseguraba él —respondió resueltamente el prisionero, que rápidamente había fraguado su plan y que estaba decidido a no denunciar al normando.

—¿O es un fregatario cristiano?

—¡El un cristiano! ¡Ni pensarlo siquiera! ¡Todo el día estaba invocando a Mahoma!

—¿Dónde se encuentra ese hombre?

—En viaje para Marruecos, pues no creo que haya desembarcado aún.

—¿Qué señas tiene?

—Bajo, rechoncho como yo, con barba áspera, y color muy bronceado.

—¿No me engañas?

—He navegado tres días con él y recuerdo perfectamente sus facciones —dijo el catalán.

—¿Dónde le encontrasteis?

—En Túnez.

—¿Así es que, después del combate sostenido con nuestras galeras, entrasteis en Túnez y el bey os dejó entrar tranquilamente en el puerto con vuestro barco casi destruido? ¡Oh! ¡Valiente historia!

Luego, volviéndose hacia los genízaros, dijo:

—¡Apoderaos de ese hombre!

Cabeza de Hierro se había puesto densamente pálido.

—Yo he dicho...

—¡Una porción de embustes!

—Y juro...

—¿Por quién?

—¡Por Dios o por Mahoma, si os parece mejor!

—¡Jurarás más tarde!

A una señal del caíd, cuatro genízaros le derribaron al suelo y le sujetaron fuertemente de pies y manos. Otro, armado con un vergajo muy flexible, le quitó las botas y las medias.

—¡Manos a la obra! —dijo el caíd—. Pero no aprietes mucho, porque este hombre no resistirá y confesará pronto.

El genízaro que oficiaba de verdugo no se hizo repetir la orden. Sacudió la planta de los pies con tal ímpetu, que el pobre hombre aullaba de dolor.

Al quinto golpe, el caíd hizo una señal.

—¿Confesarás? —preguntó, acercándose al catalán.

—¡Sí, sí! ¡Todo lo que queráis!

—Está bien; pero seguirás atado, y así volveremos a comenzar. ¡Ya sabía yo que no habrías de soportar muchos golpes! Pues bien; ¿cómo se llamaba aquel fregatario?

—Cantalub, me parece.

—¿Luego no era un tunecino?

—No; era un francés.

—¿Era de estatura elevada, con la barba negra y los ojos de color de acero?

—¡Sí; negro, alto y con una nariz como el pico de una cotorra!

—¡Era él! —exclamó el caíd con acento de triunfo.

—¡El mismo; corre a buscarle! —murmuró para sus adentros el catalán.

—¿Dónde se encuentra en la actualidad?

—Ya os he dicho que se ha ido a Marruecos.

—¿A qué ciudad?

—A Tánger.

—No; tú debes de engañarte.

—En tal caso habrá sido él quien me ha engañado a mí, porque me dijo que iba a esa ciudad para salvar a un prisionero provenzal.

—¿Tiene una falúa pintada de verde?

—Sí, señor; pintada de verde.

—Que se llama la Medscid.

—Así me parece que se llama —respondió Cabeza de Hierro, muy satisfecho de poder evitar nuevos vergajazos.

—Culquelubi no se engañaba en sus sospechas —dijo el caíd—. ¡Qué olfato tiene el general!

—¡Más que un perro de caza! —volvió a decir para sus adentros el catalán.

—Está bien —dijo el caíd después de permanecer silencioso durante unos momentos—. Haremos que busquen a la Medscid en los puertos de Marruecos, y cuando el fregatario esté en nuestro poder te lo pondremos delante. ¡Veremos si entonces se atreve a afirmar todavía que es un buen musulmán!

Cabeza de Hierro volvió a experimentar otro escalofrío.

—Si nos hubieras engañado —dijo el caíd, te haremos pedazos en el tahrigs, y reduciremos tu cuerpo a una papilla sanguinolenta.

—¿Y si he dicho la verdad?

—El capitán general te otorgará un premio.

A una señal suya, los genízaros desataron al prisionero y le pusieron en pie.

—Volved a llevarle al calabozo —dijo.

—¡Gracias, señor! —exclamó el catalán, andando sobre la punta de los pies, porque tenía la planta hinchada por los vergajazos.

Los genízaros le sacaron del subterráneo y le condujeron a su prisión, cerrando detrás de ellos la puerta de hierro.

Al oír aquel estrépito, el barón había abierto los ojos.

—¿Eres tú, Cabeza de Hierro? —preguntó con voz débil.

—¡Sí; soy yo, señor! ¡Soy yo, que acabo de escapar por milagro de la muerte! ¿Cómo os encontráis ahora? Hace poco tiempo delirábais.

—Tengo la cabeza pesada, y me parece que un martillo me golpea el cráneo sin cesar. ¡Es la impresión de aquella maldita gota de agua! ¿Dónde estamos?

—¡En el peor de todos los lugares del mundo: en el presidio de Zidi-Hasan! ¡Estamos sepultados bajo tierra!

—¡Ahora sí que creo que todo ha concluido para nosotros, pobre Cabeza de Hierro! —dijo el barón con un doloroso suspiro.

—Todavía no, señor. Hasta que descubran al misterioso fregatario, nada tenemos que temer. Después ya sé lo que harán de nosotros.

—¡El normando! —exclamó el barón con espanto.

—¡Oh, no! Se trata de otro; de otro a quien ni vos ni yo conocemos. Yo he confirmado todo lo que dijeron, para salvar las plantas de los pies, que por poco quedan en la sala del tormento reducidas a papilla.

—No entiendo lo que dices.

—¡Ah, sí; es cierto, señor; vos no sabéis nada!

En pocas palabras informó al barón del interrogatorio que acababa de sufrir en la sala del tormento.

—Para huir de un peligro —dijo su amo— te has echado encima otro mayor. Si llegan a prender a ese hombre...

—Acaso no lo consigan, señor.

—¿Estás seguro de que no se trata del normando?

—Segurísimo.

—¡Más vale así!

—Y a propósito del normando, ¿se habrá olvidado de nosotros?

—No lo creo.

—¿Suponéis que procurará ayudarnos?

—Lo supongo.

—Pero no podrá hacer nada por nosotros. ¿Quién sería capaz de entrar en este calabozo, vigilado siempre por los genízaros?

—No estaremos siempre en él.

—¿Qué decís?

—Yo sé que, por la noche, a gran parte de los prisioneros y de los esclavos los conducen a bordo de las galeras para mayor seguridad.

—¿Y suponéis que harán otro tanto con nosotros?

—Es posible.

—¿Y cuál será nuestra suerte?

—Nos venderán como esclavos.

—¡Prefiero la esclavitud a la muerte! De la esclavitud se huye, de la muerte, . no. Y después de huir, acaso podamos salvar a la señora condesa.

El barón sonrió tristemente.

—¡Está perdida para mí! —dijo con voz sorda—. ¡Quién sabe lo que habrá sido de ella! ¡Ah! ¡Mi cabeza! ¡Mi pobre cabeza!

—Volved a acostaros, señor. El reposo, os hará bien.

El barón se había dejado caer sobre el montón de paja, apretándose el cráneo con las manos.

—¿Cómo acabará todo esto? —murmuró el catalán, suspirando profundamente.

Nadie turbó durante aquel día el reposo de la prisión. Solamente hacia la noche entró un guardián y arrojó un pedazo de pan de centeno, la comida destinada a los esclavos cristianos.

Contrariamente a las previsiones del barón, aquella noche permanecieron en el calabozo, en vez de ser conducidos a las galeras; pero siempre oyeron detrás de la puerta las pisadas del centinela.

A la mañana siguiente, una sorpresa inesperada despertó en su corazón un asomo de esperanza. Como hemos dicho, la mísera ración de los prisioneros consistía en un pedazo de pan. Cabeza de Hierro, que sentía todos los tormentos del hambre, cogió la hogaza y empezó a partirla a bocados.

De pronto, sus dientes tropezaron en un objeto duro. Se apresuró a examinarlo y vio, con gran sorpresa suya, que era un pequeño alfiletero de metal, y que debía de contener alguna cosa dentro, porque no era verosímil que tan extraño objeto hubiera caído casualmente en la masa del pan.

—¡Señor, señor! —había gritado el catalán, dirigiéndose al barón, que todavía permanecía acostado, y mostrándole el hallazgo—. ¿Qué significa esto que acabo de encontrar en la hogaza?

El caballero se apoderó vivamente del objeto y lo examinó con atención.

—¿Qué decís, señor? —preguntó Cabeza de Hierro, cuyo estupor aumentaba.

—Que ha debido de ser colocado en el pan por alguien. ¡Veamos! ¡Acaso haya algo dentro!

El barón lo abrió, y vio que contenía un fragmento de papel perfumado con ámbar.

—¡Veo en esto la mano de la princesa! —dijo, arrugando la frente—. ¡Reconozco su perfume favorito!

—¿De veras?

—Quizá se haya arrepentido de habernos entregado a Culquelubi y ahora trata de salvarme. ¡Preferiría que no se acordase de mí!

—Leedlo, señor.

El barón sacó con precaución el pedazo de papel, y al fijar los ojos en lo escrito se estremeció.

—¡El mirab! —exclamó.

—¿El ex templario?

—¡Sí!

—¡No es posible, señor!

—¡Lee!

No había en el papel más que estas pocas palabras: «Hasta la noche. El mirab.»

—¡Por San Jaime! —exclamó el catalán—. ¿Cómo habrá podido ese hombre enviarnos este billete? ¿Tendrá amigos en el presidio?

—¿La mora?

—¿Él o Amina?

—El billete está perfumado con ámbar, y debe de haber salido de las manos de la hermana de Zuleik.

—¡Por mí, aunque venga de las manos del mismo diablo! A mí me basta con que nos saquen de aquí, y eso parece dar a entender el billete. «¡Hasta la noche!» Esa noche es la de hoy; no hay duda. Señor barón, ¿será esto un ardid de Culquelubi a fin de encontrar un pretexto para enviarnos al otro mundo?

—¿Cómo quieres que él haya podido conocer nuestra relación con el jefe de los derviches? No; aquí no interviene para nada el capitán general de las galeras.

—Entonces, ¿estará el mirab de acuerdo con el normando?

—Y probablemente con la princesa.

—¿De modo que después de baberos puesto en las manos de Culquelubi, ahora quiere sacaras de ellas? ¡El demonio que entienda el corazón de estas moras! Pero, en fin, más vale caer en las uñas de aquella princesa que en las del feroz capitán general de las galeras. Por lo menos, si el golpe no fracasa, ya no tendré que temer el careo con el famoso fregatario de la falúa verde. Señor barón, comamos ahora este pedazo de pan para cobrar fuerzas, y esperemos los acontecimientos de esta noche.

CAPÍTULO VI

EL ASESINATO DE CULQUELUBI

Durante todo el día ningún nuevo acontecimiento había confortado la esperanza de los dos prisioneros. A la caída de la tarde les entraron la cena; pero en el nuevo pedazo de pan no se hallaba oculto ningún billete, y la cara feroz del carcelero tampoco indicaba señal alguna de liberación.

Ya comenzaban a desesperar, cuando después de la puesta del sol vieron abrirse la puerta y entrar cuatro genízaros armados con arcabuces y yataganes, conducidos por otro guardián desconocido para ambos.

—¡Preparaos a partir! —dijo a los dos prisioneros un poco en español y otro poco en italiano.

—¿Adónde queréis conducirnos? —preguntó el barón, mirándole atentamente.

—¡Obedeced, perros cristianos! —replicó rudamente el carcelero.

Cabeza de Hierro y el barón habían cambiado una mirada inquieta.

—Señor —dijo el catalán en voz baja—, ¿habrán sospechado estos canallas que tratan de libertarnos?

—Ya veremos —respondió el barón—. Por ahora obedezcamos.

—¡El corazón me salta en el pecho, señor!

Viendo al carcelero alzar el látigo que tenía en la mano, Cabeza de Hierro se puso en pie y, seguido de su amo, se colocó ea medio de los genízaros, los cuales comenzaban ya a mirarlos con ojos coléricos.

En pocos momentos fueron conducidos hasta el patio del presidio, que comunicaba con la ribera del mar.

Delante de la torre, sobre cuya base habían pasado dos días, una chalupa servida por doce marineros armados hasta los dientes los aguardaba al mando de un oficial.

—¡Entrad! —dijo el guardián, empujándolos—. Y vosotros, encadenadlos sólidamente, y acordaos de que debéis responder con la vida de la fuga de estos cristianos.

Cuatro marineros se habían apoderado del barón y de Cabeza de Hierro, encadenándolos al banco del centro.

Hecho esto, y a una orden del oficial, la chalupa empezó a bogar, pasando por entre las infinitas naves que llenaban la bahía.

Cabeza de Hierro, espantado por aquel viaje inexplicable, miraba al barón, el cual se esforzaba en aparecer tranquilo, por más que estuviese también dominado por la más viva ansiedad.

—Señor —dijo a media voz en dialecto catalán, que el barón comprendía perfectamente—, ¿qué me decís de esta partida a una hora tan avanzada? ¿Se habrá percatado ese maldito caíd de los propósitos del mirab?

—No sé qué decirte. Yo habría preferido que nos hubiesen dejado en el calabozo, por más que me parecía difícil que nuestros amigos pudieran sacarnos de aquel subterráneo.

—¿Y no podía ser que estos marineros y este oficial estuviesen de acuerdo con el mirab y con la princesa?

—En tal caso, el oficial nos habría dicho alguna palabra tranquilizadora; pero, por el contrario, parece que nos mira con ojos poco benévolos.

—¿Adónde nos conducirán?

—Tengo una sospecha.

—¿Cuál, señor?

—Que nos conduzcan, para mayor seguridad, a bordo de alguna galera. ¿No ves que la chalupa se dirige hacia aquellos dos enormes faroles que brillan allá abajo, cerca del faro?

—¿Son de algún buque de guerra?

—Sí.

—Entonces, han debido de enterarse de que trabajaban para hacernos salir del presidio. Alguien nos habrá traicionado.

—Pues, en este caso, no quisiera encontrarme en la piel del mirab —dijo el barón—. Por fortuna, hasta ahora no hay prueba de lo que proyectaban nuestros amigos. ¿Has roto el billete, o lo tienes en el bolsillo?

—Lo he dejado dentro de la hogaza.

—¡Bien hecho!

—Pero aun no estoy tranquilo, y a cada momento me parece que van a atravesarme con aquellos horribles ganchos de acero.

—No hay motivo para espantarse, al menos por ahora. Si Culquelubi no ha ordenado nuestra muerte la primera vez, confío en que tampoco lo haga hoy. ¿No ves? ¡Bien decía yo que nos conducían a bordo de alguna nave! Ahí tienes la galera.

—Sí; es cierto.

—La chalupa se dirige hacia ella.

Acaso el capitán general no se fiaba de los guardianes del presidio.

—¡Pues ahora nadie podrá libertarnos! —gimió el catalán.

—Así es. Una galera es más difícil de escalar que un presidio.

—¡Decididamente, no tenemos suerte, señor barón!

El caballero no contestó; pero hizo con la cabeza una señal afirmativa. También él comenzaba a perder toda esperanza, viéndose ya condenado a concluir sus días como esclavo de algún feroz berberisco o de algún árabe.

La chalupa, impulsada vigorosamente por doce remeros, había salido ya de aquella confusión de navíos y se dirigía con rapidez hacia la parte oriental de la bahía, donde se veían erguirse en la oscuridad los palos de algunas galeras. En menos de diez minutos atravesó la rada y se acercó a bordo de la más grande de aquellas naves. A un grito lanzado por el oficial, los marineros de la galera habían dejado caer la escala y llevado a estribor dos enormes faroles.

El barón y Cabeza de Hierro fueron desatados y los obligaron a subir.

Apenas pusieron el pie sobre cubierta, cuatro marineros se apoderaron de ellos, volvieron a atarlos, y luego los condujeron a la parte de popa que estaba iluminada.

—No nos mandan a la sentina —dijo Cabeza de Hierro.

Poco menos que a empellones les hicieron entrar en una vasta cámara amueblada espléndidamente a estilo morisco con ricos divanes. En uno de ellos estaba sentado un hombre que fumaba con tranquilidad.

Al verle, el barón y el catalán no pudieron ocultar un movimiento de terror: el hombre que fumaba tranquilamente era nada menos que el terrible corsario del Mediterráneo, el feroz Culqulubi.

—¡Celebro volver a verte, barón! —dijo el pirata con acento un poco irónico. Por lo visto, aunque cristiano, tienes la piel dura.

El barón le miró fijamente, sin responder.

—Joven —prosiguió Culquelubi después de haber aspirado otra bocanada de humo—, me apremiaba verte para decirte que hemos echado mano al fregatario que te ha conducido a Argel.

El señor de Santelmo hizo un esfuerzo supremo para ocultar la angustia que sentía. ¿De qué fregatario hablaba el pirata? ¿Del normando, o de aquel otro de la falúa verde?

—Ya sé que tu escudero lo ha confesado todo —añadió Culquelubi después de una breve pausa—. Hace ya mucho tiempo que yo tenía sospechas de ese hombre, que se hacía pasar por un mercader de esponjas y por un buen musulmán. Pero esta vez acabará sus correrías ante la boca de un cañón. Días ha que los buenos argelinos se lamentan de no ver volar un hombre por los aires, y quiero darles ese gusto.

Una sonrisa feroz había contraído los labios de la Pantera de Argel. Dicho esto, miró a Cabeza de Hierro con aquellos ojillos grises que despedían reflejos metálicos y que hacían temblar a los más valientes.

—¡Y tú, panzudo, ¿conoces bien a ese fregatario?

—¡Acaso no sea él! —balbució el catalán, que sentía un gran temblor de piernas.

—Tú has dicho al caíd que tenía una falúa pintada de verde.

—¡Puede haber muchas del mismo color!

—Yo no hablo de la barca, sino del hombre —dijo Culquelubi.

—Podíais haberos engañado, señor —respondió Cabeza de Hierro, a quien aterrorizaba la idea de contribuir a la muerte de un inocente.

—Pero tú no te engañarás, ni tu amo tampoco. El fregatario ha sido arrestado hoy cuando se disponía a salir para Túnez; y aunque jurase que era musulmán y que no conocía a ninguno de vosotros, le hemos encerrado en el presidio de Koluglis. Mañana le conduciremos aquí, y veremos si tenéis el valor de negar que es el mismo que os ha conducido a Argel.

—¿Y si no fuese él? —preguntó el barón.

—Tanto peor para ti entonces, porque ocuparías su puesto.

—Yo no quiero la muerte de un inocente.

—En tal caso, pagarás por él.

—¡Eso es una infamia! —exclamó el barón.

—Llámalo como quieras —dijo el corsario encogiéndose de hombros con indiferencia.

Y al decir esto dio una palmada. Dos hombres, dos esclavos cristianos, macilentos y con el rostro cubierto de cicatrices, habían entrado tímidamente, con los ojos fijos sobre el garrote que se encontraba cerca del diván, cuyo peso conocían seguramente.

—Decid a uno de mis oficiales que vaya al presidio de Koluglis con la orden de que mañana esté aquí el fregatario arrestado hoy, y que mande colocar un cañón delante de la mezquita de Yussuf. Deseo que los honrados argelinos se diviertan. Y ahora conducid a estos dos hombres a la sentina; ponedles grillos y esposas, y no los dejéis un momento solos.

Los dos esclavos se inclinaron con humildad. Después se apoderaron del barón y de Cabeza de Hierro, y los sacaron a empujones de la habitación.

—¡Nuestra muerte es segura! —gimió Cabeza de Hierro, que parecía atónito de terror.

Después de bajar por el entrepuente los llevaron a una bodega, iluminada por una antorcha que apenas permitía ver los objetos.

En seguida los dos esclavos se sentaron cerca de ellos, y tiraron al suelo los grillos y las esposas que llevaban en las manos.

Un poco sorprendido, el barón preguntó:

—¿No nos atáis?

—¡No es necesario! —respondió uno de los dos con acento maltés.

—¿Y si Culquelubi baja a la sentina?

—¡Adonde bajará dentro de poco será al infierno!

Cambió con su compañero una mirada de inteligencia, y luego, acercándose al barón, le dijo:

—Vos sois un fregatario, ¿no es cierto?

—No; soy capitán de una galera maltesa.

—¿Y vuestro compañero?

—Es cristiano también. ¿Y vos?

—Renegado por necesidad; mejor dicho, por salvar la vida.

—¿Qué queríais decir hace poco al hablar de Culquelubi?

El renegado tuvo un momento de vacilación e interrogó a su compañero con los ojos. Habiendo recibido una señal afirmativa, dijo con voz apenas perceptible:

—Dentro de poco estallará en esta galera el grito de rebelión, y asesinaremos a Culquelubi.

—¿Eh? —exclamó el barón, atónito.

—¡Lo dicho!

—¿Y osaréis...?

—Somos más de veinte entre renegados franceses, italianos, flamencos y españoles, y estamos decididos a acabar con ese miserable verdugo de cristianos. Esta misma noche, suceda lo que suceda, concluiremos con él. Vos, que sois cristiano y que corréis peligro de no ver la puesta del sol de mañana, uníos a nosotros. Un capitán de galera puede ser útil para guiarnos en alta mar.

Cabeza de Hierro escuchaba este diálogo con los ojos desmesuradamente abiertos por el asombro.

—¿Habéis pensado en la dificultad de semejante empresa y en los atroces tormentos que os aguardan en el caso de que fracase vuestro plan? —preguntó el barón.

—Nadie nos descubrirá —repuso el renegado con voz firme—. Además, es mejor morir con las armas en la mano que bajo el látigo de un miserable corsario.

—¡Una pregunta!

—¡Hablad!

—¿Quién os ha sugerido esa tentativa? ¿Un fregatario que se llama Miguel el normando?

—No le conozco.

—¿El mirab acaso?

—Nunca he visto en esta galera a ningún mirab.

—¿No os han prometido ayuda?

—Nadie, señor.

—¡Es extraño!

—¿Por qué decís eso?

—Porque amigos fieles me habían advertido secretamente que esta misma noche iban a intentar un golpe de mano para salvarme a mí y a mi compañero.

—¿Sabían esos amigos que iban a conduciros a la galera de Culquelubi?

—Lo ignoro.

—Digo esto porque he observado hace poco, mientras el general os interrogaba, una gran chalupa rondar en las aguas de la nave. Me pareció que hacía maniobras misteriosas.

—¿Y va tripulada por muchos hombres?

—Por muchos; al menos así me pareció.

—Entonces, son mis amigos —dijo el barón—. ¿Se habrán enterado de vuestra empresa?

—No lo sé, aunque dudo que mis compañeros hayan confiado a nadie nuestro secreto.

—¿Estaba ya fijado para esta noche el asesinato de Culquelubi?

—Sí; para hoy, diez de enero —dijo el renegado—. Esta es la fecha acordada en una reunión nocturna que hemos celebrado la semana pasada.

—Y si...

—¡Callad, señor, y arrojaos cerca de las cadenas! Oigo venir a la ronda para cerciorarse, sin duda, de que estamos en nuestros puestos.

El barón y Cabeza de Hierro se arrojaron al suelo apresuradamente.

Una linterna había aparecido en la extremidad de la sentina, hacia proa. La llevaba un marinero, que empuñaba en la otra mano un yatagán desnudo y que iba seguido por cuatro genízaros, también armados.

Aquel grupo avanzó hasta el lugar donde se encontraban los prisioneros. Lanzaron una mirada a los renegados, y viéndolos en pie vigilando a los presos se despidieron de ellos con estas palabras de burla: «¡Buenas noches, hijos de perra!»

Cuando el renegado los vio desaparecer hizo un gesto de amenaza.

—¡Los hijos de perra van a morderos dentro de unos instantes! ¡A estas horas Culquelubi ya debe de estar borracho, y los conjurados solo aguardan este momento!

—Pero ¿no habéis pensado en una cosa? —dijo de pronto el barón.

—¿En cuál, señor?

—En que estando desarmados no podréis hacer frente a la tripulación.

—En una cámara de Culquelubi hay más que suficiente para armar a todos, y también para vos, señor... ¿Cómo os llamáis?

—El barón de Santelmo.

Al oír el nombre del barón, el renegado hizo un gesto de sorpresa.

—¿Sois vos el capitán siciliano, barón de Santelmo y caballero de Malta? —preguntó.

—Sí.

—¿El que asaltó las galeras de Ben-Abend y de Jusal cuando volvían del saqueo de San Pedro?

—El mismo.

—He oído hablar mucho de vos, señor.

Entonces el renegado interrumpió el diálogo bruscamente y se puso en pie. También su compañero se había levantado precipitadamente, y ambos escuchaban con ansiedad.

Por el puente se oían pasos precipitados y rumor de voces.

—¡Arriba, señor barón! ¡Ya han dado el golpe!

—¡Cómo! ¿Habrán matado ya a Culquelubi? —preguntó el barón, un poco conmovido.

—¡Estoy seguro de ello! ¡Presto; preparémonos para hacer frente a los berberiscos!

El barón se levantó, y viendo a poca distancia de él varias manivelas, agarró una, haciendo señal a los otros de que le imitasen.

—¿Huimos, señor? —preguntó Cabeza de Hierro, temiendo la venganza de los moros.

—¡Lo primero que se te ocurre es salvar la piel!

En aquel momento apareció en la sentina un hombre con un puñal que goteaba sangre todavía.

—¡Arriba todos! —dijo con voz imperiosa—. ¡Culquelubi ha sido asesinado! ¡Sálvese el que pueda!

—¡Culquelubi, muerto! —exclamó Cabeza de Hierro, poniéndose pálido.

—¡Calla —dijo el barón—, y ven con nosotros!

Todos se habían lanzado por la escalera, precedidos por el hombre del puñal. Todos iban pálidos y presa de la mayor emoción.

Ya estaban en el entrepuente, cuando sobre cubierta estalló de improviso un clamor espantoso.

—¡Acaban de asesinar al general! ¡A las armas! ¡Los renegados huyen!

Después se oyeron algunos disparos de arcabuz, seguidos de gritos e imprecaciones, y el choque de las cimitarras y yataganes resonó por todas partes.

En el puente de la galera la lucha había comenzado ya; una lucha desesperada, terrible, sin cuartel, entre veinte renegados de una parte, decididos a abrirse paso a costa de la vida, y la tripulación del terrible corsario.

El golpe, preparado por los renegados con muchos meses de anticipación, se había realizado con el mayor éxito.[3]

Aprovechando los conjurados la poca vigilancia ejercida por las gentes encargadas de la guardia, habían sorprendido a su feroz verdugo, asesinándole en su propio lecho.

Por desgracia, en el momento en que los esclavos se apoderaban de las armas que se encontraban en la cámara contigua a la del general, habían sido sorprendidos por un contramaestre, y este, sospechando lo ocurrido, dio la voz de alarma.

La tripulación de la galera, cuatro o cinco veces más numerosa, al grito de «¡Han asesinado al general!», se había lanzado sobre cubierta, empuñando las primeras armas que los tripulantes encontraron a mano, arrojándose sobre los renegados, que estaban ya botando al agua la chalupa, provista de remos.

Una lucha horrible se había empeñado entre los conjurados y los marinos de la galera; lucha librada entre las más espesas tinieblas, porque el primer pensamiento de los renegados fue destrozar las gran-

---

[3] Este asesinato, que había de costar a los autores los más atroces martirios, se realizó en la noche del 20 de enero de 1620.

des linternas del buque, para que las tripulaciones de los barcos próximos no pudiesen hacer fuego.

Cuando el barón y sus acompañantes aparecieron sobre la cubierta del buque, ya había empezado a correr la sangre.

Berberiscos y renegados luchaban como tigres, a pistoletazos, a estocadas, a hachazos; pero la peor parte la llevaban los primeros, los cuales, acometidos con ímpetu irresistible, habían sido rechazados, a pesar de la inmensa superioridad de su número.

El barón y sus compañeros se habían lanzado a la pelea, atacando a la tripulación por la espalda. A golpes terribles de manivela se abrieron paso por en medio de los moros, gritando a voz en cuello para no ser heridos por los renegados, que combatían furiosamente:

—¡Paso a los cristianos!

El barón iba delante de todos. Habiendo arrojado la manivela, arrancó de las manos a un moribundo una terrible espada de dos filos, y se abrió paso a estocadas. El mismo Cabeza de Hierro, viendo que no había otro medio de salvación que la lucha, atacaba con denuedo, gritando a cada golpe que descargaba:

—¡Este, por los vergajazos! ¡Este, por vuestra infamia! ¡Y este, porque sois unos infieles!

Los marineros, privados de su jefe y desmoralizados por su muerte y por el valor extraordinario que desplegaban los renegados, empezaron a retroceder por todos lados. No obstante, otro grave peligro amenazaba a los conjurados.

De las galeras próximas empezaron a salir disparos de arcabuz tirados al azar, y se oyó a los oficiales dar la orden de botar al agua las chalupas y correr en auxilio de la nave capitana, mientras por la ribera se veían correr pelotones de genízaros, atraídos, sin duda, por el estrépito de aquellos disparos.

—¡Al agua! —gritó el barón.

La chalupa de la capitana estaba ya en el agua y se bamboleaba cerca de la escala de cuerda.

Los renegados, con una carga desesperada, irresistible, feroz, hicieron retroceder a los tripulantes. Luego se precipitaron por la borda, cayendo unos encima de otros.

El barón, que había conservado toda su admirable sangre fría, fue el primero en ganar la chalupa.

—¡Pronto! —rugió—. ¡Vamos a ser cogidos entre dos fuegos! ¡A los remos! ¡He aquí la ronda del puerto, que corre hacia nosotros!

Los conjurados, que, por fortuna suya, no habían abandonado las armas, se agarraron a los bordes de la chalupa, y ayudándose mutuamente saltaron a ella. En tanto, de las galeras próximas a la capitana partían descargas cerradas de arcabuz, que hacían más ruido que daño, gracias a la profunda oscuridad que reinaba en la bahía.

—¡Arranca! —tronó el barón, que con ayuda de un renegado había logrado izar a Cabeza de Hierro.

La chalupa empezó a bogar con la velocidad de una flecha. Los veinte renegados, aun cuando heridos en su mayor parte, se habían acomodado en los bancos y remaban con furia hacia la salida de la rada, resueltos a ganar la alta mar.

Sin embargo, el peligro distaba mucho de haber cesado.

La noticia del asesinato de Culquelubi se había esparcido ya por todas las galeras próximas, y las tripulaciones de ellas, sedientas de venganza, echaban al agua las chalupas para dar caza a los fugitivos, mientras los oficiales hacían con cohetes señales a las naves que estaban de crucero fuera del puerto para impedir la entrada de los audaces fregatarios y detener a los fugitivos.

—Señor barón —dijo acercándose a él el renegado que le había libertado—, quizá es demasiado tarde para ganar la costa.

—¡Quizá!

—He allí las naves de la crucera que se preparan a echársenos encima.

—¡Ya las veo! —replicó el caballero—. ¡Hemos perdido demasiado tiempo!

—Pues, entonces, ¿qué debemos hacer?

—Volvernos hacia el muelle, salvarnos por las calles de la ciudad. Intentaremos ganar el campo.

—¡Estamos dispuestos a obedeceros!

—¡Pues viremos!

La chalupa giró sobre sí misma y emprendió la carrera hacia la ciudad, pasando a lo largo de las galeras, en cuyos flancos se veían destacarse embarcaciones cargadas de enemigos.

—Señor barón —dijo Cabeza de Hierro—, yo creo que hemos realizado un pésimo negocio al unirnos a estos hombres. ¡Dentro de poco seremos detenidos!

—¡Antes sabremos morir con valor! ¡Más vale caer con la espada en la mano que acabar la vida delante de un cañón! ¡Valor, amigos míos! —añadió—. ¡Bajad la cabeza! ¡Van a hacernos fuego desde las chalupas; pero no temáis! ¡Dios nos protegerá!

CAPÍTULO VII

A UÑA DE CABALLO

Las tripulaciones de las galeras y la ronda del puerto corrían de todas partes para cortar el camino a los fugitivos antes de que pudieran tomar tierra y ponerse en salvo en las tortuosas calles de la ciudad.

Esquifes, canoas y chalupas surcaban presurosamente la rada entre gritos de venganza y disparos de arcabuz. Vivos o muertos, querían apoderarse de aquellos hombres que habían tenido la audacia de dar muerte al más terrible defensor de Mahoma y al más intrépido corsario del Mediterráneo.

Los perseguidores eran trescientos o cuatrocientos hombres, decididos a todo para apoderarse de aquel grupo de cristianos.

De las naves salían de vez en cuando gritos espantosos.

—¡Asesinad a esos perros!

—¡Al palo los cristianos!

—¡Venguemos al general!

—¡Alerta, que no se nos escapen!

Las descargas sucedían a las descargas. Hacían fuego desde las embarcaciones, desde las galeras y hasta de las terrazas del presidio de Ali-Manis, que era el más próximo a la bahía, mientras hacia los muelles se velan correr grupos de genízaros provistos de antorchas.

El barón se dio cuenta en un momento de toda la gravedad del caso. No era posible pensar en sustraerse a las consecuencias de aquella terrible caza sin empeñar una lucha suprema con muy pocas probabilidades de victoria.

Pero, como hombre animoso, se preparaba para afrontar resueltamente el peligro.

—¡Prefiero concluir así! —murmuró.

Tuvo un último pensamiento para Ida; pero venció pronto aquel instante de vacilación, gritando con voz enérgica:

—¡Preparémonos a morir matando, cristianos! ¡Acordaos de que el que caiga en las manos de los berberiscos sufrirá más que el que sucumba en la pelea!

La playa solo se encontraba ya a veinte pasos de la chalupa, que había corrido con la velocidad del rayo. Pelotones de genízaros, aullando como lobos, se acercaban al desembarcadero.

—¡A las armas todos! —rugió el barón.

La chalupa se había precipitado sobre la playa con tal violencia, que arrojó a los renegados unos encima de otros.

Casi en el propio momento se acercaba a ellos otra barca cargada de argelinos, entre los cuales se veían algunos negros.

El barón, que la había descubierto a tiempo, reunió en un instante a sus compañeros y se lanzó hacia la parte opuesta, tratando de ganar una senda que desembocaba en la playa.

Ya iban a alcanzarla, cuando un pelotón de genízaros que estaba escondido, bajo un oscuro portalón se arrojó contra los fugitivos, gritando:

—¡Rendíos, perros!

—¡Toma, cobarde! —gritó el barón descargando una terrible estocada sobre el cráneo del jefe.

Sintiendo detrás de ellos las tripulaciones de las chalupas, los renegados, que se consideraban perdidos y que no querían caer vivos en manos de sus perseguidores, hicieron frente a los genízaros, tratando de romper sus filas.

Pero tenían delante de sí hombres feroces y encanecidos en las batallas.

La lucha entre ambas partes fue breve y terrible.

Los renegados, ya rendidos por la contienda anterior, habían tratado en vano de romper el cerco de hierro que los oprimía, y se vieron obligados a replegarse, a pesar de los esfuerzos del barón.

Sin embargo, animados por el joven, volvieron a la carga y acuchillaron desesperadamente a los genízaros, que respondían con pistoletazos y estocadas.

El barón, secundado por Cabeza de Hierro, que, por lo menos esta vez, luchaba con bizarría, consiguió abrir brecha en aquella muralla humana y alejarse algunos pasos. Por desgracia, se vio otra vez envuelto por una nueva falange de genízaros que llegaron por una calle lateral atraídos por los gritos de sus compañeros.

Además, los primeros marineros habían caído ya sobre la retaguardia de los renegados, fusilándolos a quemarropa, y muchos de ellos quedaban acribillados a balazos.

En aquel instante el barón intentó un esfuerzo supremo para abrirse paso o morir al menos entre los suyos.

—¡A mí, Cabeza de Hierro! —gritó.

Como era un formidable esgrimidor, no le costó gran trabajo deshacerse de los primeros genízaros que trataron de cogerle vivo. Con una granizada de tajos desesperados, y ayudado por el catalán, que había conseguido apoderarse de una maza de hierro, su arma favorita, volvió a caer en lo más recio de la pelea, dejando detrás de sí un rastro sangriento.

Ante la audacia y el valor de aquel joven, los genízaros, atónitos y espantados, se retiraron precipitadamente. Ya el barón estaba a punto de reunirse con los renegados, cuando se encontró enfrente de algunos negros de estatura gigantesca, los cuales se precipitaron sobre él con tal ímpetu, que lo derribaron en tierra juntamente con el catalán.

Antes de que hubiera podido levantarse, se sintió cogido por dos brazos vigorosos y levantado en alto, mientras una voz le decía al oído:

—¡Dejaos llevar!

Los negros, que iban seguidos de un pelotón de argelinos, rompieron de un solo golpe las filas de los genízaros y se lanzaron a todo correr a lo largo de la calle, mientras sus compañeros protegían la fuga con una descarga de pistoletazos.

El barón no opuso resistencia alguna. Había comprendido vagamente que pretendían sustraerle a la vigilancia de los genízaros, y se dejaba llevar por el negro que lo conducía en brazos.

Detrás de él otro sudanés gigantesco llevaba a Cabeza de Hierro, que bufaba como una foca, mientras todos los demás, incluyendo a los argelinos, continuaban disparando las pistolas para aterrorizar a sus perseguidores.

Aquella carrera veloz a través de las oscuras y tortuosas callejuelas de la ciudad duró algunos minutos. Luego los dos negros se detuvieron delante de un grupo de caballos que estaban ocultos en un viejo portalón.

—Montad y tomad mis pistolas —dijo el negro al barón—. Si amáis vuestra vida, espolead fuerte y seguidme sin perder tiempo.

Un hombre había conducido delante de él un magnífico caballo negro enjaezado espléndidamente.

Sin pedir explicaciones, el caballero subió a la silla, tomó las dos pistolas, que ocultó en la cintura, y recogió las bridas.

Cabeza de Hierro ya había montado en otro caballo.

En la callejuela próxima se oían gritos furiosos, chocar de armas y disparos de arcabuz. Los dos negros también estaban montados en sendos caballos y miraban con ansiedad hacia la extremidad de la calle, mientras tres hombres conducían fuera del portalón otros animales, verdaderos corceles del desierto, que debían correr como el viento.

De pronto el pelotón de los argelinos, precedido por cuatro negros hercúleos, se precipitó en la calle, corriendo desesperadamente, mientras a espaldas suyas resonaban gritos furibundos.

—¡Detenedlos!

—¡Han robado a los asesinos de Culquelubi!

—¡A las armas!

—¡Presto! —dijeron los dos negros al barón.

Los argelinos se les acercaron en aquel momento. En un abrir y cerrar de ojos montaron los otros caballos y partieron inclinados sobre la silla y lanzándose en pos del barón, el cual llevaba a su izquierda a Cabeza de Hierro, que se hallaba colocado entre los dos negros.

El pelotón atravesó varias calles con la rapidez de una tromba, atropellando a cuantas personas encontraban por delante. Al llegar a una de las puertas que conducían al campo, los dos negros gritaron:

—¡Servicio del bey!

—¿Y la contraseña?

—¡Mahoma y Solimán!

Los dos centinelas se separaron de la puerta precipitadamente, presentando las armas.

El destacamento siguió por algunos minutos la vía de circunvalación externa; después, y casi a la altura de la Casbah, se lanzó a través de los campos de azafrán, sin detener un solo instante aquella endiablada carrera.

El barón, aturdido todavía por el inopinado rapto que le había salvado la vida cuando ya se consideraba en poder de los genízaros, no se cuidó de un argelino que estaba a su lado y que le miraba fijamente. Parecía excesivamente joven, casi un niño, y cuando el turbante se le levantaba por efecto de las sacudidas del impetuoso caballo en que iba montado, se veía ondear sobre sus hombros una larga cabellera negra.

El primero que se fijó en él fue Cabeza de Hierro.

Señor barón —dijo—, ¿quién puede ser ese joven que cabalga a vuestro lado?

El caballero se había vuelto vivamente, pero el joven jinete lo advirtió y se detuvo, reuniéndose a la escolta.

—Será algún paje —dijo—. Por otra parte, pronto sabremos quiénes son estos hombres que se nos han incorporado, y adónde nos conducen. Esta carrera furiosa no puede durar mucho tiempo.

—Todo esto tiene algo de milagroso, señor. ¿Por qué estos hombres, que parecen argelinos, en vez de caer sobre nosotros, han atacado a los genízaros? ¿Comprendéis algo de esto?

—Algo comprendo. Estos negros de estatura gigantesca me recuerdan a los esclavos de la princesa Amina, la hermana de Zuleik.

—El mismo pensamiento me había asaltado a mí, señor Barón. Aquí anda la mano de la princesa. Pero desearía saber cómo estos hombres se encontraban reunidos con los genízaros que nos perseguían.

—Es un misterio que por ahora no puedo explicarme, Cabeza de Hierro. ¡Lástima que no hayan podido conducir con nosotros a esos pobres renegados, cuya suerte será bien triste si no se dejan matar antes que rendirse!

—¿Se habrán apoderado de alguno de ellos?

—¡Mucho me lo temo! —respondió el barón dando un suspiro.

—Yo también, señor barón —dijo una voz detrás de él—. Y si hubiésemos llegado algunos momentos después, igual suerte os habría cabido a vos.

El joven barón y Cabeza de Hierro no pudieron contener un grito.

—¡El normando!

—¡Sí, el mismo! —dijo el fregatario colocándose al lado del caballero—. No habríais pensado que era yo también de la partida; ¿es verdad, señor de Santelmo?

—¿Vos? —exclamó el barón, que todavía dudaba.

—Sí, Miguel el normando, y detrás de nosotros galopan mis gentes.

—¿Esos argelinos?

—Son los marinos de mi barco.

—¡Se diría que soy presa de un sueño!

—Estáis bien despierto —dijo el normando riendo.

—Entonces, vos me explicaréis.

—A su tiempo, señor barón. Pero por ahora no nos cuidaremos más que de ganar camino. Es necesario interponer entre Argel y nosotros el mayor espacio posible para que se pierda nuestro rastro.

—¿Nos seguirán?

—A estas horas la voz de alarma habrá recorrido toda la ciudad, y se sabrá en todas partes que hemos salido de ella; de manera que toda la caballería argelina se ocupará en buscarnos. Pero tenemos una ventaja notable, y es que nuestros caballos son mejores que los suyos. He aquí un terreno a propósito para borrar nuestras huellas.

El pelotón estaba a la sazón en la base de un grupo de colinas arenosas, a las cuales seguía una vasta landa que se prolongaba hacia el este.

El normando detuvo la carrera de su corcel y pasó a retaguardia. Al llegar allí cambió algunas palabras con el joven argelino. Después volvió a reunirse con el barón, gritando:

—¡Al bosque de Top Han!

Los argelinos y los cuatro negros de escolta se inclinaron hacia la izquierda, mientras los dos negros que servían de guías pasaban al trote las colinas arenosas, donde las herraduras de los caballos no podían dejar huella alguna.

El normando los había seguido con el barón y Cabeza de Hierro.

Un cuarto de hora galoparon en silencio. Luego descendieron por la vertiente opuesta, dirigiéndose hacia un bosque que parecía tener una extensión enorme.

—¡Alto! —dijo el normando cuando estuvieron bajo los árboles—. Dejemos descansar un poco a estos bravos caballos. Todavía tenemos mucho camino que recorrer antes de llegar al aduar.

—¿A qué aduar? —preguntó el barón.

—¡Ah! ¡Vos no sabéis que he encontrado excelentes amigos en la llanura de Medeah! Estaréis perfectamente allá abajo, señor barón, y podéis descansar con entera seguridad hasta que se haya calmado el furor de los argelinos.

Bajó a tierra y quitó el freno al caballo para que pudiera respirar más libremente. Los dos moros le habían imitado ya, dirigiéndose hacia los límites del bosque, para vigilar la llanura y las colinas.

—¿Quiénes son esos dos negros? —preguntó el barón.

—¿No habéis adivinado a quién pertenecen? —replicó el normando.

—¿Acaso a la princesa Amina?

—Sí, señor barón. Son hombres de corazón que valen cada uno por diez soldados. La princesa sabe elegir a sus siervos.

—¿Y ese joven argelino con quien habéis hablado hace un momento?

El normando miró al barón sonriendo.

—Es un joven a quien debéis vuestra libertad, más que al mirab y a mí. Sin él, no habríamos podido reunirnos para salvaros, ni habríamos sabido tampoco que anoche debíais ser conducido a bordo de la galera de Culquelubi.

—Pero, en suma, ¿quién es?

—Nada más puedo decir ahora. He prometido no hablar de eso hoy. Y, a propósito de preguntas: ¿habéis recibido un billete en el presidio?

—Sí. Me lo envió el mirab; ¿no es cierto?

—En efecto; así es, señor barón. Gracias a la influencia de aquel joven, todo lo teníamos dispuesto para sacaros de aquel presidio. Guardias y centinelas habíanse comprado a peso de oro, y todo marchaba a las mil maravillas, cuando fuimos informados de que habían dado la orden de trasladaros a la galera de Culquelubi. Por fortuna, un renegado que estaba a mi servicio, y a quien intenté libertar varias veces, me reveló un secreto.

—¿El de la conjura?

—Sí; ayer mañana me dijeron que aquella misma noche moriría el infeliz corsario.

—¿Y qué hicisteis?

—Pues aprovechar el tiempo. Imaginándome lo que había de ocurrir, hice embarcar a mis marineros y a los negros de la princesa en una buena chalupa, y me puse en acecho cerca de la galera, con la esperanza de poder sacaros de ella en medio de la confusión que produciría el asesinato de Culquelubi.

—¿Luego me habéis visto huir con los renegados?

—Oí vuestra voz, y seguí a la chalupa que os conducía, fingiendo perseguiros. La estratagema tuvo tan feliz resultado, que nadie sospechó de nosotros; pero huíais con tal rapidez, que me fue imposible alcanzaros antes de que desembarcaseis.

—Pero llegasteis a tiempo de salvarme. ¡Gracias! ¡Os debo no solo la libertad, sino la vida!

—A mí no —respondió el normando—. Sin el apoyo de la princesa, nada habría podido yo hacer, ni el mirab tampoco.

—¿Deberé, pues, gratitud a esa mujer? —preguntó el barón con los dientes apretados por la ira.

—Quizá más que gratitud.

—¿Luego no sabéis que fue Amina quien me entregó a Culquelubi?

—Lo sé todo.

—¿Quién os lo ha dicho?

—El mirab.

—¿Y cómo lo supo él?

—Os contaré todo eso durante el viaje. ¡En marcha, señores! ¡Vamos a buscar a mis amigos!

—¿Qué amigos?

—Los que me ayudaron a huir de los cabileños. Os contaré también esa aventura, señor barón.

—Y de ella..., ¿nada? —preguntó con voz trémula.

—¿De la condesa de Santafiora?

—¡Sí! —dijo el barón mirándole con angustia.

—Tranquilizaos; por ahora no corre ningún peligro. Se encuentra en lugar seguro.

—¿En presidio?

—No.

—Entonces, ¿dónde? ¡Decídmelo, Miguel! ¿No veis que estoy muriendo de angustia?

El normando vacilaba.

—¡Hablad; os lo ruego!

—En la Casbah.

Al oír esto, el barón hizo un gesto de desesperación.

—¿En el palacio del bey? —exclamó.

—Está en él más segura que en cualquiera otra parte. Antes de que pueda entrar en el harén la habremos robado. Hay allí quien vela por ella y organiza su fuga.

—¿Me lo juráis?

—Sobre la cruz de Cristo.

—¿Es esclava?

—Es algo mejor que eso: es una beslemé[4], y se encontrará mil veces mejor en la Casbah que en los calabozos de presidio.

—¿Y Zuleik no podrá hacer nada?

—Por alta que sea su posición social, no osará apoderarse de una joven que ahora pertenece al bey. Con el representante del Profeta no se atreve nadie. ¡Basta de plática: a caballo, señor barón! El aduar está todavía lejos y acaso la caballería nos busca ya en la llanura.

—¡Sí, sí, vamos a escape! —dijo Cabeza de Hierro, con mucho sobresalto—. ¡Si esos perros vuelven a atraparnos, correremos igual suerte que los regenerados! ¡Ya que hemos huido del poder de los genízaros, procuremos conservar la libertad!

Montaron de nuevo y partieron al galope. Esta vez el normando se había puesto a la cabeza, y los dos negros a retaguardia.

4   Así llaman a las doncellas encargadas de adornar a la sultana y a las odaliscas. También están encargadas de distraerlas con sus danzas y sus cantos.

Pronto se internaron en él bosque, que estaba despoblado, y poco después de una hora llegaron a una llanura festoneada de corrientes de agua y limitada al sur por otras colinas arenosas que al barón no le fueron desconocidas.

—¿No son estas colinas las que atravesamos aquel día que vigilábamos a Zuleik? —preguntó al normando.

—Sí, señor barón; y aquel alminar que se ve allá abajo, a nuestra derecha, es el de la mezquita de Blidah.

—Y el aduar de vuestros amigos, ¿dónde se encuentra?

—Dentro de cinco o seis horas llegaremos a él. Todavía no descubro el de Medeah.

—Y vuestros marineros, ¿adónde han ido?

—Nada temáis por ellos. Encontrarán caballos de refresco hasta llegar a los castillos de la princesa, y no se dejarán alcanzar por la caballería argelina. Más tarde, cuando el peligro haya cesado, retornarán a Argel con otros trajes, y nadie se preocupará de su presencia en la ciudad.

—¿Irá con ellos el joven argelino?

—No; se reunirá con nosotros en el aduar, si es que no llega antes. Lleva el caballo más ligero de Argelia.

—¿Luego permanecerá con nosotros?

—No lo sé —respondió el normando.

—Pero ¿por qué se interesa tanto por mi suerte?

—El mismo os lo dirá.

—¿Es algún moro rico?

—Riquísimo, y además muy noble. ¡Pero espolead de firme, señor barón! ¡Tengo prisa por llegar a la cumbre de esas colinas para asegurarme de que no tenemos enemigos a la espalda!

Atravesaron el límite de la llanura, y al trote largo ascendieron hasta la cumbre de la colina.

El normando detuvo la marcha del caballo y sacó del bolsillo un anteojo de mar.

Desde aquella altura se distinguía una vasta extensión de terreno y hasta la Casbah, que como queda dicho, se alzaba en la parte más elevada de Argel.

El normando miró con el anteojo en diversas direcciones, y luego, satisfecho de aquel examen, volvió a cerrarlo.

—No se descubre nada sospechoso —dijo, volviéndose hacia el barón—. Presumo que la caballería argelina espera el alba para darnos caza, y como el sol no despuntará antes de dos horas, tenemos tiempo para ganar varias leguas. Además, ¿quién va a pensar en buscarnos un aduar?

Se volvió y dirigió la mirada hacia el mar, donde se distinguía vagamente una línea blanquecina.

—Allí está el Kelif. Iremos en dirección de este río, y luego volveremos hacia el este. Es preciso borrar por completo nuestras huellas.

—¡Mataremos a los caballos! —hizo observar Cabeza de Hierro.

—¡Ya nos darán otros para volver a Argel!

Descendieron de la altura a trote lento y volvieron a ganar la llanura, continuando su carrera hacia el suroeste.

Aun cuando los caballos habían recorrido ya unas treinta millas, resistían maravillosamente y no daban ningún indicio de cansancio. Eran verdaderos corceles de carrera, capaces de galopar doce horas seguidas.

Al amanecer, el minúsculo destacamento pasaba a la vista de Medeah, y dos horas después se detenía en las riberas pantanosas del Kelif, el río más notable de Argelia.

Allí descansaron un cuarto de hora. Luego, por cuarta vez, volvieron a emprender la carrera, no hacia el sur, sino hacia el noroeste, pasando a través de colinas pobladas de árboles, sobre las cuales no se veía ninguna aldea.

Hasta las diez galoparon de este modo. A esta hora atravesaron una llanura inmensa, interrumpida de vez en cuando por hierbas bajas y matas de cañas.

El normando mostró en el horizonte algunas pequeñas alturas.

—¿Las conocéis? —preguntó el barón.

—No —respondió este.

—Pues las bajamos con los moros a los talones, y allí fue donde Zuleik os prendió.

—¿Luego estamos lejos de Argel?

—A unas quince leguas. ¡Ea, una última trotada, y después reposaremos delante de un cordero asado! Mis amigos deben de estar ya informados de nuestra llegada, y nos aguardarán.

—¿Por quién los avisasteis?

—Por uno de los nuestros.

En un postrer esfuerzo, también la llanura fue atravesada. Los caballos, blancos de espuma e inundados de sudor, comenzaban a dar muestras de cansancio, cuando al atravesar un grupo de árboles se encontraron los fugitivos repentinamente delante de dos tiendas rodeadas por una pequeña empalizada. Enfrente de ellas, un numeroso rebaño de carneros y algunos camellos pastaban las escasas hierbas que crecían en aquel suelo casi arenoso.

Un cabileño, envuelto en un capote de lana oscura, estaba fuera del recinto, apoyado en una enorme espingarda.

Al ver al normando se echó atrás la capucha, diciendo:

—¡Bienvenido sea mi hermano al aduar de Ibrahim! ¡Me alegro de que hayas cumplido tu promesa y vengas aquí con tus amigos!

—¿Cómo está Ahmed? —preguntó el normando saltando a tierra.

—A punto de curarse. Ven; mi tienda, mi ganado y mis armas son tuyas y de tus compañeros.

CAPÍTULO VIII

LOS FURORES DE ZULEIK

Con un silbido, el cabileño había llamado a su esclavo, el cual se apresuró a poner en libertad a los caballos, conduciéndolos bajo un pequeño cobertizo construído con cañas secas. Después de haber saludado con el tradicional salem alek a los viajeros, el cabileño los invitó a que le siguiesen dentro de la tienda más espaciosa, cuyos extremos estaban abiertos para que el aire circulase con libertad.

Sobre una hermosa estera blanca se veían dos cabritillos asados que todavía humeaban, algunas tortas de maíz cocidas al horno; varios recipientes de arcilla con dátiles en dulce y ciruelas y albaricoques en conserva. Suspendido de una cuerda se refrescaba un odre lleno de leche de camella mezclada con agua, única bebida de los habitantes de los aduares argelinos y de los marroquíes.

—¡He aquí una colación que llega a tiempo! —dijo Cabeza de Hierro aspirando el apetitoso aroma que exhalaban los cabritillos, cuya piel luciente y tostada exhalaba un aroma que producía en su paladar un cosquilleo encantador.

El cabileño invitó a sus huéspedes a sentarse cerca de los manjares. Sacó su cuchillo y trinchó con él los cabritillos, teniendo la delicadeza de ofrecer los mejores trozos a los hombres blancos. Mientras comía no apartaba la vista del normando, atónito de no verle casi negro, como cuando le había encontrado durante la caza de la feroz pantera.

Cuando hubieron concluido de tomar café, un café excelente perfumado con ámbar, el cabileño se levantó, haciendo señas al normando de que le siguiese fuera de la tienda.

—Tu compañero ha llegado —le dijo cuando estuvieron al raso—. Se encuentra en la tienda de Ahmed.

—¡Ya sospechaba que llegaría antes que nosotros! ¡Gracias por haberle hospedado en el aduar!

—¡Tus amigos lo son también míos!

—Y ese joven te recompensará con esplendidez.

—No hablemos de eso; ya te he dicho que puedes disponer de todo.

—¿Sabes quién es ese joven?

—No tengo el derecho de preguntártelo.

—Pues te lo diré, Ibrahim. Es uno de los más poderosos señores de Argel.

—¿Un hombre?

—¡Silencio por ahora! Y aquel otro joven que vino conmigo es uno de los más valientes guerreros de su país.

—No es argelino, ¿verdad? —preguntó Ibrahim sonriendo.

—No. Y seré franco contigo: tampoco lo soy yo.

—¡Ya lo había comprendido al verte ahora menos moreno que un beduino! No obstante, seas lo que seas, no te faltará mi reconocimiento. Aunque fueses un infiel, seguiría siendo tu amigo.

—¡Gracias, Ibrahim! Ahora dejemos solos a los dos jóvenes. Deben decirse cosas que ni tú ni yo ni los otros podemos escuchar.

—Iremos a hacer compañía a mi hermano, que desea saludarte.

—Advierte al joven que puede entrar en la tienda.

Mientras el cabileño obedecía, el normando se acercó a Cabeza de Hierro y a los dos negros y les hizo señas imperiosas invitándolos a salir.

El barón, que estaba absorto en sus pensamientos, no se había fijado en el gesto del normando.

—Vamos a visitar al otro amigo mío —dijo el normando a Cabeza de Hierro—. Dejad que el barón descanse un poco: debe de estar rendido.

—¡Y yo no lo estoy menos! —repuso el catalán.

—Pues nadie os impedirá dormir en la otra tienda.

Apenas habían salido, cuando por la parte opuesta y sin hacer ruido entraba el joven argelino, que se detuvo delante del barón. Llevaba el capuchón echado sobre la frente de tal modo que apenas se distinguían sus facciones.

El barón de Santelmo, siempre absorto en sus pensamientos, ni siquiera había advertido la entrada del joven.

Por algunos momentos el argelino permaneció inmóvil en medio de la estancia; pero de pronto se alzó la capucha y dejó caer al suelo el manto que le envolvía.

Al leve rumor que produjo la tela al caer, el barón se volvió y no pudo por menos de lanzar un grito al reconocer en aquel joven a la princesa.

—¿Vos? —exclamó poniéndose en pie.

Fijó en la mora una mirada en la cual se leía un profundo rencor. Amina permaneció silenciosa, con los brazos cruzados sobre el jubón azul recamado de oro que modelaba graciosamente sus espléndidas formas de mujer berberisca.

El destello rencoroso que brillaba en los ojos del barón se extinguió poco a poco, porque el joven sabía ya que su libertad la debía en gran parte a aquella mujer.

—¿Os sorprende volver a verme? —preguntó Amina cuando el brillo de odio se apagó en las pupilas del joven.

—Sí —respondió con voz un poco seca el caballero—; creía no volver a veros.

—¿Lo sentís?

El barón de Santelmo vaciló un poco antes de responder; pero al fin dijo:

—No, aun cuando me hayáis arrojado en las garras de Culquelubi para que hiciese de mí un esclavo miserable.

—Pero he vuelto a arrancaros de ellas.

—No digo lo contrario, señora.

—¿Qué queréis? —dijo la princesa pasándose la mano por la frente—. Los celos me hicieron mala, y obré bajo el impulso de una pasión que las mujeres moras sentimos más intensamente y con más violencia que las mujeres de Europa. Perdonadme, pues, aquel momento de arrebato. Había jurado vengarme de vos y matar a la joven cristiana; pero ahora otro sentimiento ha entrado en mi corazón. Conque no hablemos más: considerad todo eso como una locura, y vuelvo a repetir que me perdonéis.

—Mi perdón os lo había otorgado de antemano —respondió el barón, conmovido por la infinita tristeza que oscurecía el rostro encantador de Amina—. Si esa joven no hubiese dispuesto hace ya mucho tiempo de mi corazón, creedlo, Amina os habría amado ardientemente, a pesar de ser yo cristiano y musulmana vos.

—¡Ah, gracias! —exclamó la princesa con los ojos humedecidos de lágrimas—. ¡Y cómo os hubiera correspondido yo! ¡Pero la felicidad no se ha hecho para mí! ¡Un triste sino pesa sobre mí desde la infancia.

Se enjugó casi con rabia dos lágrimas que descendían por sus mejillas, y luego prosiguió con voz amarga:

—¡El segundo sueño ha concluido! Amad a la joven cristiana que primero cautivó vuestro corazón, hacedla feliz, y contad conmigo para realizar vuestra unión; pero prometedme al menos que cuando estéis bajo el hermoso cielo de Italia, cuando vuestras almas estén unidas, pensaréis alguna vez en la pobre Amina, en la triste princesa africana.

Dio dos o tres vueltas por la tienda con la cabeza inclinada sobre el pecho, y después, parándose delante del barón, que permanecía silencioso, le dijo con brusquedad:

—¿Sabéis dónde se encuentra la cristiana?

—Acaban de decírmelo.

—¿Y qué pensáis hacer?

—No lo sé todavía; pero os juro que no saldré de Argel sin esa mujer, o moriré en la empresa.

—¿Tanto la amáis? —preguntó Amina con voz sorda.

—¿Qué sería mi vida sin ella?

—¡Sí! —dijo como hablando entre sí la princesa—. ¡Las flores no pueden vivir sin el sol y las gotas de agua!

Hizo un gesto como para alejar un tormentoso pensamiento, y después continuó:

—Hurtar una mujer a un bajá puede ser fácil; arrancársela a un general, difícil, pero no imposible; robársela al bey, escalar sin ser observado las altas murallas de la Casbah, vigiladas noche y día por sus genízaros, será una empresa que pondrá a prueba toda vuestra audacia. Y luego olvidáis que tenéis un enemigo poderoso, dominado, como vos, por una pasión ciega, y que vela sin descanso.

—¿Vuestro hermano?

—Sí; Zuleik —respondió la princesa.

—¿Creéis que yo pueda un día volver a contemplar a la mujer que amo? ¡Decídmelo, Amina; decídmelo con toda sinceridad!

—¡Quizá!

—¿Es esclava del bey?

—¿Esclava? Hoy lo es, hoy es una beslemé; pero ¿quién os asegura que mañana no pueda llegar a ser una favorita del representante del Profeta?

—¡Oh!

—Todo es posible, y entonces la cristiana estaría perdida para vos.

—¡Me vengaría! —gritó el barón.

—¿De qué modo?

—¡Matando al bey!

—¿Os atreveríais a tanto? —preguntó.

—¡No vacilaría!

—Sería demasiada audacia.

—¡Nada me intimida!

—No —dijo Amina después de un momento de pausa—. No haréis eso; no os lo permitiría yo. No olvidéis que represento aquí nuestra religión, y que yo soy musulmana.

—Nunca me resignaré a perder a esa mujer, por quien he expuesto la vida tantas veces!

Entre ambos reinó un momento de silencio. Amina, apoyada en un palo de la tienda, parecía que buscaba alguna idea.

De pronto se incorporó, diciendo:

—Volveremos a vernos dentro de algunos días. Vos permaneceréis aquí y nada intentaréis hasta mi regreso. El aire de Argel es demasiado peligroso para vos en estos momentos; ahora ya debe de saberse que estáis complicado en el asesinato de Culquelubi, y harán todo lo posible por descubriros.

—Y yo, en cambio, temo por vos, Amina.

—¿Por mí?

—¡Si supiesen que habéis contribuido a arrancarme del poder de los genízaros!

—¿Y quién osaría mover un dedo contra la descendiente de los califas de Córdoba y Granada? ¡Ni el propio bey se atrevería a ello!

—¿De veras?

—No hay más que un hombre que, para apresurar vuestra muerte, se decidirá a intentarlo; pero ese hombre sabe de lo que soy capaz.

—¿Zuleik?

—Sí; mi hermano. Sin embargo, no creáis por eso que se atreva contra mí. Es impetuoso y colérico, pero no malo. Aun cuando sepa lo que acabo de hacer, no hablará.

—¿Qué hace ahora vuestro hermano?

—Lo ignoro. Muchos días hace ya que no le veo. Pero supongo que tratará de poner en acción toda su influencia para conseguir que el bey le devuelva esa cristiana.

El barón palideció.

—Pero tranquilizaos: nada podrá obtener. Una mujer que entra en la Casbah no sale de ella sino muerta.

—¿Y si encontrase la manera de robársela?

—Ya os he dicho que eso es imposible.

—Entonces no me resta la esperanza de poder verla algún día.

—¡Quién sabe! —dijo Amina—. Aguardad mi regreso. Debo conocer lo que pasa en Argel en estos momentos. Os dejo a mis dos .negros, que velarán por vos, aun cuando nadie puede sospechar que hayáis sido conducido a este aduar.

El barón se había acercado a la joven, y cogiéndole una mano le dijo con voz dulce:

—¡Me conmueve la grandeza de vuestro sacrificio, señora! En mi propio país ninguna mujer se habría mostrado tan generosa como Amina Ben-Abend. Cuando vuelva a Italia, si el Destino no lo impide, me acordaré siempre de vos y diré a todo el mundo que si Argel tiene panteras, alberga también mujeres que llevan su abnegación hasta la sublimidad.

—¡Dios os guarde! —se limitó —a responder la princesa, llevándose, la mano al corazón.

Miró al joven por espacio de algunos momentos con ojos conmovidos; después, apretándole bruscamente la mano, salió con precipitación, diciendo con voz sofocada:

—¡Adiós, barón; no puedo entretenerme más!

Fuera de la tienda aguardaba su caballo, que uno de los negros sujetaba de las riendas.

Montó de un salto, hizo con la mano una última señal de despedida, y lanzó el corcel al galope en dirección de la colina.

El barón, en pie cerca de la tienda, la miraba tristemente, murmurando:

—¡Pobre mujer, cuánto debe de sufrir!

Al llegar la princesa a la cima de la colina detuvo el caballo y lanzó una postrimera mirada sobre el aduar; luego desapareció, descendiendo al galope por la pendiente opuesta.

Espoleaba con rabia, haciendo dar al caballo saltos inmensos, que habrían arrojado de la silla a cualquier jinete. Parecía que trataba de calmar su desesperación en aquella carrera furiosa.

De cuando en cuando un sollozo brotaba de su pecho y algunas lágrimas descendían por sus mejillas.

Atravesó la llanura y después el bosque con una carrera desenfrenada, pasando como un meteoro por delante de Medeah, sin conceder al pobre animal un solo momento de reposo.

Cuando la princesa llegó a dar vista a Argel, ya anochecía: había recorrido cerca de treinta millas de un tirón.

No contuvo aquella carrera loca sino cuando estuvo cerca de la Casbah, y ya era tiempo, porque el caballo empezaba a dar grandes muestras de cansancio.

Entró en la ciudad por la puerta de Oriente y se dirigió a trote lento hacia su palacio, adonde llegó al fin con su caballo casi moribundo.

—¡Pobre Kasmín! —dijo, mirándole con ojos compasivos—. ¡Has devuelto la tranquilidad a tu ama; pero tú pierdes la vida!

Los criados del palacio acudieron presurosos, sorprendidos de ver a la princesa en aquel traje, cubierto de polvo y con el caballo moribundo.

—Señora —dijo el mayordomo acercándose—, vuestro hermano os busca desde esta mañana. Está muy inquieto.

Amina se estremeció y permaneció algunos momentos silenciosa; después, haciendo un esfuerzo sobre sí misma, preguntó:

—¿Dónde está?

—En el salón verde.

Sacudió el polvo que cubría su traje, y con paso firme subió los escalones de mármol, precedida por algunos criados que llevaban antorchas encendidas.

Cuando entró en el salón, Zuleik estaba acabando de cenar. Al verla se levantó de pronto, rechazando con movimiento airado el plato de plata que tenía delante y desviando impetuosamente la silla.

—¿De dónde vienes? —le preguntó con voz severa—. ¡Y en ese traje! ¿Mi hermana se olvida de que es una Ben-Abend?

—Vuelvo del castillo de Iosk-Issid —respondió Amina con voz tranquila.

—¡Vestida de argelino!

—He cazado todo el día y los vestidos de mujer dificultan los movimientos. Además, nadie me ha visto.

—¿Y dónde has cazado?

—En el bosque del castillo.

—Pues bien, Amina; mientes —dijo Zuleik con violencia—. He enviado criados a todos nuestros castillos, y ninguno te ha encontrado en ellos.

—Eso quiere decir que no he estado en ninguna de nuestras tierras.

—¿Sabes lo que se dice en Argel?

—¡No me cuido de ello!

—Que ayer, cuando los genízaros seguían a los asesinos de Culquelubi, un pelotón de hombres capitaneado por un joven argelino ha robado a dos de esos cristianos.

—¡Ah!

—Y que uno de ellos es el barón de Santelmo.

—Lo ignoraba.

—¿Tú? —exclamó Zuleik—. El vestido que llevas puesto te compromete.

—¿Qué quieres decir?

—Que ese pelotón iba guiado por ti.

—¿Quién lo afirma?

—Nadie hasta ahora. Solo yo he tenido la sospecha al verte venir vestida de ese modo.

—¿Y aunque así fuese? —preguntó Amina mirándole con fijeza y cruzando los brazos con un gesto de desafío.

—Si eso llegara a ser conocido por las gentes, el deshonor caería sobre nuestra casa. ¡Una Ben-Abend protectora de los asesinos de Culquelubi!

La princesa se encogió de hombros.

—¡Que busquen a ese argelino! —dijo.

—¿Dónde has pasado estas veinticuatro horas?

—No tienes el derecho de saberlo; yo no me mezclo en tus asuntos.

—Has auxiliado la fuga del barón; lo leo en tus ojos.

—¡Es posible!

—¡Ese hombre es mi rival! —gritó Zuleik apretando los dientes con rabia—. ¡Pero si esperas sustraerle a las pesquisas del visir y del cadí, te engañas, Amina. Muchos de los renegados han caído vivos en las manos de los genízaros, y por ellos se sabrá el lugar donde se encuentra escondido. El tormento les desatará la lengua.

—¡Ferocidad inútil, porque esos desgraciados nada saben!

—¡Lo veremos! —respondió Zuleik—. ¡Veremos si el barón logra ocultarse por mucho tiempo! Todos los asesinos del general han sido condenados a muerte, y tampoco él habrá de escapar.

—¿Y si el barón no hubiese tomado parte en el delito?

—Formaba parte de la conjura.

—No es cierto; yo sé que la ignoraba.

—¡Nada importa! Ha huido con los renegados y eso basta para condenarle.

—¡Buscadle, pues!

—Ya están sobre sus huellas. Amina palideció.

—¡Quieres asustarme! —dijo.

—Se sabe que ha salido de la ciudad.

—¡Argelia es grande!

—Le encontrarán; yo me encargo de recorrer todos nuestros castillos, y lo descubriré.

—No me opongo.

Zuleik arrojó sobre su hermana una mirada de ira.

—¡Una musulmana que tiene en las venas sangre de los Califas protege a un cristiano! —dijo con profundo desprecio.

—Protejo a un hombre desgraciado y valeroso.

—¡A quien amas!

—¡A quien no amo!

—¡Mientes!

Un relámpago de cólera brilló en los ojos de la princesa.

—¡Basta! —dijo—. ¡No tienes el derecho de insultarme!

—¡Quiero que dejes de auxiliar a ese barón, a quien odio con toda mi alma! ¡Te juro que tendré su sangre, porque he de entregarle en manos del visir!

—Tu padre hubiera sido más generoso.

—¡Yo no lo seré!

—La generosidad era tradicional en nuestra familia. Acuérdate de que nuestro abuelo Ahmed-Ben-Abend salvó a los cristianos de Granada y acuchilló con su propia mano a los generales que acababan de ordenar a las tropas el exterminio de la población; acuérdate también de que otro abuelo nuestro, el batallador Omar, bajo las murallas de Córdoba, arrancaba de las manos de sus guerreros al jefe de las tropas españolas y le entregaba sano y salvo a su rey, desafiando la ira de todos los moros. Y también aquel jefe era un cristiano.

—¡Yo no soy Ahmed ni Omar!

—Y que nuestro padre, indignado por las infamias que cometía Culquelubi contra los esclavos cristianos, hizo repatriar a muchos de ellos, poniéndolos en abierta rebelión hasta contra el propio bey.

—Esa generosidad no la siento, ni siquiera la comprendo —respondió Zuleik—. Yo no veo en el barón más que un rival que debe desaparecer, y haré lo posible para que caiga en poder del visir.

—¡Lo veremos!

—¿Tú le proteges y le escondes? ¡Sea; pronto hemos de ver quién es más fuerte y más astuto!

—¡Te desafío a que le encuentres!

—¡Lo encontraré, no lo dudes! —respondió Zuleik, cuyo furor, lejos de calmarse, iba aumentando—. ¡Adiós! ¡Presto tendrás noticias de Zuleik!

Dicho esto salió, cerrando violentamente la puerta detrás de sí. Estaba bajando la escalera con la cara fosca y los labios contraídos, cuando vio subir por allí, seguido por el mayordomo, a un viejo derviche. Se detuvo, retirándose a un lado para dejar el paso libre, y después hizo una seña al mayordomo.

—¿Quién es ese hombre? —le preguntó.

—El mirab de los derviches —dijo el interrogado.

—¿Qué viene a hacer aquí?

—Lo ignoro, señor. Ha preguntado por la señora princesa, a quien ya ha visto en otra ocasión. Probablemente vendrá a invocar su caridad para elegir alguna nueva mezquita.

—¿A esta hora? —murmuró Zuleik.

De pronto le asaltó la sospecha de que aquel hombre, a pesar de ser uno de los sacerdotes más reputados, podría estar mezclado en el asunto relativo a la fuga del barón. Entonces arrastró en pos de sí al mayordomo hasta una galería lateral, y apretándole un brazo con violencia, le dijo:

—Hay en la sala verde una puerta secreta, que tú debes de conocer.

—Sí, señor.

—Desde esta puerta se puede oír todo lo que hablen mi hermana y el mirab.

—Así lo creo.

—Pues bien; me referirás ese coloquio, que me importa conocer punto por punto. En tus manos se encuentra ahora tu libertad o tu muerte. Di cuál prefieres.

El mayordomo le miró espantado.

—¿Qué queréis decir, señor? —preguntó balbuciente.

—Que si consigues saber todo lo que el mirab hablará con mi hermana, mañana serás libre y rico; y que si me engañas, te haré matar a palos.

—Vos sois mi amo, mandad.

—Pues bien; después de oír la conversación harás seguir al mirab cuando salga de aquí. Quiero saber dónde vive.

—Mandaré que vayan tras él dos esclavos de confianza, señor.

—¡Ahora vete!

Zuleik bajó las escaleras, montó en un caballo blanco que un negro tenía de las bridas, y salió del palacio diciendo:

—¡Me parece que ganaré la partida! ¡En el presidio sabré alguna cosa más!

CAPÍTULO IX

EL FILTRO DE LOS CALIFAS

Como Zuleik había dicho a Amina, una docena de renegados, aun cuando heridos en su mayor parte, fueron cogidos vivos por los genízaros que los perseguían.

Cercados por los destacamentos que se movían en sentido contrario en aquella callejuela estrecha, los desgraciados, después de una lucha desesperada, habían sido desarmados y atados con fuertes ligaduras.

Eran, como queda dicho, una docena aproximadamente, entre italianos, españoles, flamencos y franceses, todos cubiertos de sangre y de heridas. Los otros, más afortunados que ellos, habían caído muertos en la pelea después de haber causado muchas bajas a sus perseguidores.

Fue preciso toda la autoridad de los jefes y la promesa de que se haría con los presos un castigo tremendo para impedir que los genízaros se hicieran justicia por su mano.

Los prisioneros, bajo una fuerte escolta para sustraerlos a un posible ataque de la población, que al primer anuncio de la muerte del general se había lanzado a la calle pidiendo venganza, habían sido llevados precipitadamente al presidio del Pascia, que entonces se consideraba como el más seguro.

Antes de que hubieran podido reponerse de sus heridas, aquellos infelices fueron sometidos al tormento más espantoso para arrancar de sus labios el nombre de sus cómplices salvados por la banda de argelinos, que la autoridad sospechaba que fuesen cristianos.

Algunos de ellos fueron enganchados desnudos en garfios de hierro, otros enterrados hasta la cintura dentro de fosos rellenos de cal, y otros, todavía más infortunados, habían sido desollados, vertiendo sobre sus heridas cera hirviendo.

Entre los espasmos de aquella atroz agonía, el nombre del barón de Santelmo había salido de sus labios; mas ninguno pudo dar noticia alguna de su paradero ni decir nada acerca de aquella banda de argelinos que contribuyó a su fuga.

Cuando Zuleik llegó al presidio, los torturados, que hacía más de veinte horas que estaban colgados de los garfios, se encontraban a punto de expirar sin añadir nada a la confesión ya hecha.

El cadí, que había asistido a su martirio esperando sorprender alguna palabra que le pusiera sobre las huellas de sus cómplices, acogió con alegría la llegada de Zuleik, satisfecho de poder hablar con un descendiente de los califas.

—¿Habéis sabido algo de nuevo? —preguntó Zuleik entrando en la sala del tormento.

—¡Nada! —respondió el cadí—. ¡Estos malditos cristianos mueren sin confesar, no obstante todas las torturas!

—Nada confiesan, porque no saben más de lo que han dicho. Pero yo estoy sobre el rastro de los fugitivos.

—¿Vos, señor?

—Y estoy seguro de encontrar el sitio donde se oculta el barón de Santelmo.

—¿Sabéis que el bey ha prometido mil cequíes a quien lo detenga?

Zuleik se encogió de hombros con desdén.

—¡No es el premio el que me alienta! —dijo—. ¡A los Ben-Abend nos sobra el oro.

—Lo sé, señor. ¿Y no tenéis alguna sospecha de quiénes puedan ser esos argelinos? A mí me han dicho que iban negros con ellos.

—Nada sé respecto de eso. Además, a mí solo me interesa el barón. ¿Ha vuelto la caballería?

—Sí señor, y sin haber descubierto la menor huella de los fugitivos —dijo el cadí. El cristiano y sus cómplices no deben de estar ocultos en las cercanías de Argel.

—Eso mismo creo yo.

—¿Dónde buscarlos ahora?

—¿Estáis seguro de que no ha salido del puerto ninguna nave?

—Segurísimo. Las galeras han estado de crucero toda la noche y todo el día delante de la rada, y el bey ha prohibido a todos los barcos levar anclas, bajo pena de muerte de sus tripulantes.

—Entonces es en el campo donde debemos buscarlos. Poned a mi disposición cincuenta jinetes escogidos entre los más resueltos. Es posible que esta misma noche tenga necesidad de ellos.

—Estarán dispuestos, señor. El bey, con tal de apoderarse de todos los asesinos del general, nada negará. Es necesario hacer un castigo ejemplar, o esos cristianos, a quienes el Profeta condene, volverán a comenzar de nuevo sus asesinatos. Entretanto, y para aterrorizarlos, haré empalar en el muelle a cinco prisioneros.

—No olvidéis el auxilio que me habéis prometido.

Salió del presidio poco satisfecho de aquel coloquio, pero con el pensamiento fijo en el mirab. Sentía instintivamente que aquel hombre debía de saber algo acerca de la fuga del barón.

Cuando, entrada la noche, llegó al castillo, encontró al mayordomo, que le esperaba en el pórtico.

—¿Qué hay de nuevo? —le preguntó.

—He sabido mucho más de lo que esperaba, señor —respondió el mayordomo—. Mi libertad está asegurada.

—¿Les has oído algo?

—No he perdido una sola palabra.

—¿De quién hablaron?

—Del cristiano que ha asesinado a Culquelubi.

—¿Mi hermana y el mirab?

—Sí, señor.

—¿Pudiste oír dónde se encuentra?

—Han hablado de un aduar y de Medeah.

—¿De qué aduar? —preguntó Zuleik, con los ojos centelleantes.

—Lo ignoro, señor; pero supongo que debe encontrarse en el territorio de Medeah.

—Ahora no tengo duda.

—¿Cómo, pues, un mirab, jefe de los derviches, ha protegido la fuga de un cristiano? —se preguntaba Zuleik—. ¡Eso me parece inexplicable! ¿Hiciste que siguieran al mirab?

—Ya sabemos dónde vive.

—¿Dónde?

—En una pequeña ermita que se encuentra dentro de la Casbah.

—¿Vive solo?

—Solo.

—¡Que el infierno me abrase si no logro que declare el lugar donde se esconde ese condenado cristiano! —exclamó Zuleik con los dientes apretados—. ¡Ah, hermana mía, la partida final la ganaré yo! Llama a cuatro esclavos de los más fuertes y de los más resueltos. Y ahora silencio con todo el mundo. ¡Ay de ti si pronuncias el nombre de mi hermana!

Cinco minutos después, Zuleik salía del palacio, seguido por cuatro negros armados de arcabuces y yataganes y cabalgando en espléndidos caballos árabes. Para no hacerse notar y para asegurarse de que no le seguirían, se dirigió hacia los bastiones interiores, por ser aquel camino el menos concurrido, y marchó a trote rápido hacia la Casbah.

Era casi media noche cuando, guiado por uno de los cuatro negros que habían seguido al mirab por orden del mayordomo, llegó delante de la ermita.

El viejo debía de estar despierto aún, porque algunos rayos de luz atravesaban la puerta del santuario.

Ataron los caballos al tronco de una higuera, y luego Zuleik golpeó la puerta con la culata de una pistola, diciendo con voz imperiosa:

—¡Abre, mirab!

—¿A quién? —respondieron desde dentro.

—¡De orden del cadí Ben-Hamman!

La puerta se abrió repentinamente, y el ex templario apareció en ella llevando una lámpara en la mano. Al ver a Zuleik, a quien ya conocía, no pudo reprimir un gesto de terror.

—¿Qué desea de mí Zuleik Ben-Abend? —preguntó esforzándose en aparecer tranquilo.

—¡Ah! ¿Me conoces? —exclamó el moro, un poco sorprendido—. ¡Mejor! ¡Así nos entenderemos pronto!

Entró bruscamente, y clavando en el viejo una mirada aguda como la punta de una espada, le preguntó a quemarropa:

—¿Conoces al barón de Santelmo, mirab?

—¿Quién es? ¿algún cristiano quizá? —preguntó el ex templario sin bajar los ojos.

—¡Ah! ¿No lo sabes?

—Un mirab no puede tener relación alguna con los cristianos ni con los renegados.

—Cierto; un verdadero mirab no puede proteger a los cristianos —dijo Zuleik—; pero tú has usurpado ese título, o eres enemigo del Islam.

—¿Qué queréis decir, señor?

—Que has protegido la fuga del asesino de Culquelubi.

—¡Yo! —exclamó el viejo fingiendo el mayor asombro—. ¿Quién me acusa de ello?

—¡Yo: Zuleik Ben-Abend, descendiente de los califas!

—¡Señor, estáis engañado!

—¿Pues qué fuiste a hacer en mi palacio hace cuatro horas?

—Pedir a vuestra hermana auxilios para la construcción de una ermita.

—¿Y nada más?

—No.

—¿Podrías jurar sobre el Corán que no has hablado del barón de Santelmo?

El mirab permaneció mudo.

—Si eres un verdadero musulmán y no has protegido al cristiano de acuerdo con mi hermana, debes jurar.

—¿Y si me negase a hacerlo?

—En tal caso, deberás decirme dónde ha ocultado mi hermana al barón.

—Preguntádselo a ella, no a mí.

—Tú lo sabes tanto como ella, mirab, y como enemigo de los cristianos, debes confesármelo.

—Nada puedo decir, porque nada sé.

—¡Mientes, mirab; uno de mis criados ha oído todo lo que habéis hablado Amina y tú! ¡Niega ahora, si te atreves, que has hablado del barón Santelmo!

—No, no lo negaré —respondió el viejo—; pero vos no me arrancaréis una sílaba sobre todo lo que se refiera al barón de Santelmo.

—¿Y tú, mirab, proteges a un cristiano?

—Protejo a un hombre.

—¡Un perro, un infiel! —gritó Zuleik.

—Llamadle como queráis; pero no hablaré —respondió el ex templario con voz firme—. Podéis matarme; podéis martirizarme; pero de mi boca nada sabréis.

—¿Lo crees?

—He prometido a vuestra hermana guardar el secreto y lo guardaré.

—¡Te conduciré ante el cadí, que te hará torturar hasta que lo digas todo! —rugió el moro.

—Y comprometeréis a vuestra hermana y el honor de vuestra casa.

Zuleik se mordió los labios. Las palabras del mirab no tenían réplica. Pero el viejo aun no había ganado la partida al pronunciar aquella amenaza.

—Obraré por mi cuenta —había dicho Zuleik.

—¿Pretendéis matarme?

—Nadie me lo impediría.

—Soy un mirab, un hombre santo, y mi muerte no quedaría sin venganza. Ni el propio descendiente de los califas puede poner sus manos sobre el jefe de una comunidad que el mismo bey respeta.

—¡Ahora te probaré lo contrario! —dijo Zuleik, que estaba decidido a todo—. ¿Quieres confesar?

—¡No! —respondió el viejo con increíble entereza.

A una señal de Zuleik, los cuatro negros cayeron sobre el viejo, derribándole brutalmente contra el tapiz.

—¡El frasco! —dijo Zuleik.

Uno de los negros sacó del bolsillo una botella de cristal dorado llena de un líquido rojizo, y que apenas abierta esparció por la ermita un olor especial a kif, el ingrediente principal del hachís. El esclavo apretó con fuerza la nariz del mirab, obligándole a abrir la boca para no morir asfixiado, y de un golpe le vertió el contenido del frasco en la garganta.

—¡He aquí el remedio que empleaban mis antepasados para arrancar a los prisioneros los secretos de guerra! —dijo Zuleik—. ¡Veremos si resistes tú a su influjo, viejo testarudo!

Apenas había ingerido aquel líquido, el mirab quedó rígido, como si la muerte le hubiese herido de pronto. Solamente sus ojos permanecieron abiertos durante algunos instantes, y después se cerraron.

—¿Habrá muerto, señor? —preguntó uno de los negros.

—Duerme —dijo Zuleik—. Dentro de poco soñará, y hasta hablará. Retiraos al fondo de la ermita, y que nadie venga a interrumpirme.

Después se sentó en la piedra que servía de tumba al santo a quien estaba dedicada la pequeña construcción, y aguardó tranquilamente a que el misterioso filtro produjera todo su efecto.

Efectivamente, el mirab dormía; pero no con un sueño tranquilo.

Parecía que turbaban su cerebro visiones extrañas, porque de vez en cuando alzaba las manos y hacía gestos, como si quisiese alejar sombras de su lado.

De pronto sus labios se abrieron y pronunció palabras sueltas y sin ilación. Hablaba de guerreros, de galeras, de torturas, de Culquelubi. Pero poco a poco sus discursos empezaron a ser más lúcidos, más claros. Se diría que un pensamiento único se había apoderado de su cerebro, pues ya no hablaba más que del peligro que amenazaba al barón.

Zuleik, encorvado sobre él, escuchaba atentamente. Parecía un tigre en acecho.

—¡Velad..., velad! —decía el mirab—. ¡Le buscan..., quieren prenderle! ¡Abre los ojos, Miguel..., vigila sin descanso! ¡Si os cogen, estáis todos perdidos! ¡El aduar está lejano, pero no es seguro! ¡Medeah se encuentra demasiado cerca! ¡Cuidado con la colina! Zuleik la conoce..., y podría volver al sitio, donde ya prendió otra vez al barón! ¡Me han dicho que desde la cima de ella se descubre el aduar! ¡Vela, Miguel, vela!

Zuleik se levantó, lanzando un grito:

—¡El barón es mío! ¡El aduar..., la colina donde le detuve! ¡Yo encontraré ese aduar!

Y se precipitó fuera de la ermita, sin preocuparse del mirab, que continuaba hablando.

—¡A caballo! —gritó a los negros.

—¿Y ese hombre, señor? —preguntó uno de ellos.

—¡Déjale que duerma! —respondió el moro—. ¡Ya no tengo necesidad de él! ¡Espolead hasta llegar al presidio de Pascia! ¡Ah, hermana mía; has perdido la partida!

Saltó en la silla y partió a uña de caballo, seguido por los cuatro esclavos.

En el momento en que pasaban cerca de la Casbah, tres personas, que debían de haber permanecido agachadas entre las ruinas del antiguo palacio, se habían incorporado.

—¿Es él? —preguntó una voz de mujer.

—¡Sí! —había respondido una voz de hombre—. Como acabáis de ver, no me he engañado, señora.

—¡Corramos! ¡Acaso le haya martirizado o muerto!

Se dirigieron corriendo hacia la ermita, cuya puerta había permanecido entornada. Las personas de que acabamos de hablar eran Amina y dos esclavos negros.

Al ver al mirab tendido e inmóvil sobre el tapiz, Amina dejó escapar un grito, creyéndole muerto; pero uno de los dos negros, que se había inclinado sobre el cuerpo, dijo:

—Está vivo, señora, y se diría que duerme profundamente.

—¿No tiene ninguna huella de violencia?

—Ninguna.

—¡Es imposible que mi hermano se haya conformado con darle algún narcótico, y que...!

De pronto se interrumpió y se dio una palmada en la frente. Al percibir el olor característico del kif, lo había adivinado todo.

—¡Ah, miserable Zuleik —exclamó—. ¡Acaba de darle el licor de los califas! ¡Le ha hecho hablar, y le habrá arrancado el secreto!

Se puso densamente pálida y miraba al pobre viejo con ojos dilatados por el terror.

—De pronto se repuso, como si hubiera tomado una resolución rápida.

—Hady —dijo, volviéndose hacia uno de los negros—, ¿has elegido bien los caballos?

—Son los mejores de la cuadra, señora.

—Confío a tus cuidados al mirab. Le llevaréis a mi castillo Thomat, y tendréis con él todo género de atenciones. Cuando se haya despertado se lo contaréis todo.

—Está bien, señora.

—Y tú, Milah, sígueme sin dilación al aduar. La salvación del barón depende de la velocidad de nuestras cabalgaduras.

—Iremos volando.

—¡Qué feliz inspiración tuve al seguir a mi hermano! —murmuró la princesa—. ¡El corazón me anunciaba lo que ha pasado! Por fortuna aun tengo tiempo para destruir sus designios. ¡Llegaré al aduar antes que él!

Milah había conducido a los caballos, que estaban ocultos detrás de una mata de áloes gigantescos. La princesa saltó en la silla y descendió la suave colina al galope, seguida por el negro, mientras Hady, tomando entre los brazos al mirab, se dirigía hacia la ciudad, conduciendo el caballo por las riendas.

CAPÍTULO X

LA CASCADA DEL KELIFF

Cuando la princesa y su fiel esclavo llegaron a la vista de aduar, comenzaba a amanecer. Casi de un tirón habían atravesado la distancia que separa aquel sitio de Argel, aguijoneados por el temor de llegar demasiado tarde.

Tenían la seguridad de que a espaldas suyas marchaba Zuleik con un buen golpe de jinetes, y aun cuando no hubieran observado nada en las vastas llanuras de Blidah ni en las de Medeah, sentían por instinto que el peligro no estaba muy lejano.

Zuleik, ardiendo en deseos de vengarse, no debía de haber perdido el tiempo para sorprender al barón antes de que este hubiera podido ponerse otra vez en salvo. Cuando la princesa llegó a la colina, el cabileño y su esclavo conducían fuera del recinto del aduar sus camellos y sus corderos para llevarlos al pasto, ayudados por los dos negros que habían quedado en la tienda con el encargo de velar por el barón.

También el normando, que como buen marinero se levantaba con el sol, fumaba tranquilamente su pipa delante de una de las dos tiendas.

Al ver a aquellos dos jinetes bajar a galope la colina, un cierto temor se había manifestado entre los habitantes del aduar, que por espacio de cuarenta y ocho horas vivían en continua ansiedad. No habiendo podido reconocer aún a los viajeros, a causa de la semioscuridad que todavía reinaba, todos se replegaron precipitadamente detrás de la empalizada, abandonando las bestias y corriendo a las armas. El primero en empuñar un arcabuz fue el normando, y creyendo de buena fe que aquellos dos caballeros eran la vanguardia de algún destacamento de genízaros, había dado orden de ensillar los caballos y despertar al barón y a Cabeza de Hierro.

Un grito de Hady los tranquilizó pronto.

—¡La princesa! —había exclamado el marino, dejando el arcabuz y corriendo a su encuentro—. ¿Qué significa este imprevisto regreso? ¡De seguro que no trae buenas noticias!

El barón, que acababa de despertarse, había salido con el normando. Tampoco él estaba muy tranquilo al ver a la mora.

—¿Qué nuevas traéis? —preguntó, ayudándola a bajar del caballo.

—¡Malas, barón! —respondió la princesa—. ¡Si estimáis en algo la vida, partid sin dilación, porque dentro de poco estarán aquí los soldados del bey!

—¿Nos han vendido? —preguntaron a un tiempo el barón y el normando.

—Mi hermano ha descubierto vuestro refugio, y acaso no esté distante de este lugar. ¡No hay que perder un momento!

El cabileño se había acercado al normando.

—¿Qué sucede? —preguntó.

—Los argelinos nos siguen, y tenemos que huir. También tú debes hacer lo mismo, si no quieres ser preso por ellos, o acaso muerto.

—¿Hay precisión de esconderse?

—Es necesario.

—Sé adónde debo conduciros.

—Pero ¿y tu hermano y tu ganado?

—A mi hermano le llevaré yo. Las bestias las encontraré cuando vuelva.

—Nada perderéis —dijo Amina—. Yo os indemnizaré largamente.

—Lo importante es marchar —añadió el normando.

—No pido más que dos minutos para preparar un camello para Ahmed. Mi hermano no está curado todavía, y no quiero dejarle aquí.

—¡Apresúrate!

Los tres negros habían enjaezado los caballos, mientras el esclavo de los cabileños conducía dos camellos de los más corredores.

En tanto que Ibrahim y el normando se cuidaban del herido, la princesa, en pocas palabras, refirió al barón de qué modo Zuleik había descubierto el lugar de su asilo.

—¿Y presumís que vuestro hermano está ya sobre nuestras huellas?

—No tengo duda de ello. Vendrá acompañado de bastantes fuerzas, porque ahora ya sabe que habéis tomado parte en el alzamiento de los renegados.

—¿Qué ha sido de ellos? —preguntó el barón con voz conmovida.

—Han muerto entre los tormentos más espantosos, y vos correríais igual suerte si llegasen a prenderos.

—¡Tiemblo por vos, Amina! —dijo el joven—. Por proteger mi vida exponéis la vuestra. ¡Si os prendiesen con nosotros!

—¿Quién osaría tocar un cabello siquiera de la descendiente de los califas? Vuestra vida es la que está en peligro, no la mía. ¡Conque en marcha!

Todos habían montado ya en sus cabalgaduras. Ahmed, cuyas heridas empezaban a cicatrizarse, había sido acomodado en el mejor camello.

Dada la señal, el convoy se puso velozmente en marcha hacia la floresta vecina, escoltado por los tres negros de la princesa, los cuales se habían puesto a retaguardia para proteger la retirada.

Apenas habían entrado bajo los árboles, cuando en lontananza se oyó el estrépito de muchos caballos, los cuales galopaban ya por el terreno pedregoso de la colina.

—¡Ya vienen! —dijo la princesa, estrechando fuertemente el brazo del barón, que estaba a su lado.

El normando se acercó a Ibrahim.

—¿Adónde nos llevas?

—A las riberas del Keliff.

—¿Hay allí sitio seguro?

—Sí, y se encuentra debajo de una cascada.

—¿La conoce tu negro?

—El es quien ha descubierto ese lugar un día que fue seguido por algunos bandidos del desierto.

—Cuida de mis amigos; yo te alcanzaré más tarde con tu esclavo. Deseo vigilar las maniobras del enemigo.

—¡No te dejes coger!

—¡Nada temas, Ibrahim!

Hizo señas al barón y a la princesa de que siguiesen al cabileño, y se volvió hacia las márgenes del bosque, acompañado del negro, el cual, como su amo, montaba un camello.

Viendo el normando unas matas espesísimas, se ocultó detrás de ellas.

Bajó de la silla y cubrió la cabeza del caballo con la gualdrapa de lana azul, a fin de que no hiciese el menor movimiento, y se deslizó entre las plantas, seguido por su compañero.

Desde aquel sitio podía observar al enemigo sin correr peligro de ser descubierto. El aduar no estaba más que a quinientos o seiscientos pasos, y la colina casi enfrente.

No habían transcurrido aún diez minutos cuando oyó sobre la cumbre de la altura grandes voces:

—¡El aduar! ¡El aduar!

Zuleik iba delante de todos y se lanzó corriendo por el declive de la colina. Detrás de él bajaron en desorden unos cincuenta genízaros bien montados y formidablemente armados.

Era indudable que habían galopado muchas horas, porque estaban cubiertos de polvo, y sus caballos llenos de espuma.

La banda se dividió en dos columnas para impedir que los habitantes del aduar pudieran escaparse.

—¡Si la princesa no llega a tiempo! —dijo el normando para sí—, estábamos perdidos! ¿Quién habría podido resistir a tantos soldados?

Zuleik saltó por encima de la empalizada y cayó sobre la tienda más próxima, gritando:

—¡Rendíos!

Naturalmente, nadie contestó. El moro, inquieto por aquel silencio, bajó del caballo y se precipitó dentro de la tienda, mientras los genízaros invadían la otra.

Los gritos de furor de los invasores advirtieron al normando que había llegado el momento de marcharse. Los genízaros tornaban precipitadamente a montar en sus caballos para registrar los contornos.

—¡Vámonos! —dijo al negro—. ¡Ya sabemos que no es posible resistir a todos esos genízaros!

Montaron el uno en su caballo y el otro en su camello y se lanzaron a través de la selva, en tanto que los argelinos se dispersaban por la llanura buscando el rastro de los fugitivos.

Por el momento, al menos, el normando no tenía miedo alguno de ser alcanzado, pues su caballo llevaba ventaja a los de los argelinos, que habían galopado muchas horas.

El barón y sus compañeros atravesaron la selva en toda su extensión y luego se inclinaron hacia el Sur, pasando a través de una doble línea de colinas pedregosas. Franqueadas estas, se encontraron en una llanura ondulada y semiarenosa, desde donde se descubrían las márgenes del Keliff. Entonces contuvieron un poco la carrera para dejar algún reposo al caballo de la princesa y del negro que la había acompañado al aduar. Un cuarto de hora después se incorporó a ellos el normando.

—¿Nos siguen? —preguntaron a un tiempo Amina y el barón.

—Todavía no —respondió el normando—; pero no tardarán en descubrir nuestras huellas.

—¿Cuántos son?

—Lo menos cincuenta.

—¿Capitaneados por mi hermano? —preguntó la princesa.

—Sí, señora.

—¡Cuán rencoroso es Zuleik! —dijo la princesa—. ¡No olvida ni perdona!

—¡Y todo por mí! —añadió el barón.

—¡No; por la cristiana! —respondió Amina.

Y al decir esto soltó las riendas del caballo, obligándole a emprender la carrera, probablemente para terminar aquel coloquio, que debía de ser muy penoso para ella.

A las diez de la mañana, el convoy se ocultaba bajo los árboles que festoneaban el río. Ibrahim y su negro cambiaron algunas palabras; luego se pusieron a la cabeza del grupo, dirigiéndose siempre hacia el Sur.

En lontananza comenzaba a oírse un rumor sonoro que parecía producido por una masa de agua precipitándose desde muy alto.

—Es la cascada —dijo el cabileño al normando, que quería conocer la causa de aquel estrépito—. Dentro de un cuarto de hora habremos encontrado un refugio seguro.

La travesía del bosque se efectuó sin dificultad, y unos minutos después los jinetes se detenían en la ribera del Keliff.

En aquel sitio el río se precipitaba con extremada violencia desde una roca de cincuenta pies de altura, lanzando al aire torbellinos de agua pulverizada, en medio de la cual se veía un espléndido arco iris.

—¿Dónde está el refugio? —preguntó el normando al cabileño.

—Bajo la cascada.

—¿Detrás de la columna de agua?

—Sí.

—Y ¿cómo bajaremos?

—Traigo conmigo una sólida cuerda que nos permitirá llegar a la base de la roca. Debajo de ella hay una especie de antro, donde podremos ocultarnos sin correr peligro alguno.

—Y ¿crees que los genízaros no vendrán aquí?

—Y aun cuando vengan...

—¿Y los caballos?

—Los mataremos y los arrojaremos al río. ¡Ven a ver, hermano!

Cogió al normando de la mano y le llevó al borde de la cascada.

En aquel lugar la ribera del río estaba cortada a pico; pero un metro más abajo se descubría la cornisa, suficiente ancha para permitir el paso de un hombre, y que se adelantaba bajo el inmenso chorro de agua, el cual, en su descenso, caía a lo largo de las paredes pedregosas.

—¿Ves aquella margen? —dijo el cabileño.

—Sí —respondió el normando.

—Siguiéndola llegaremos al refugio.

—¡Demonio! —exclamó el marino—. ¡Tomaremos una ducha que nos empapará hasta la médula de los huesos, dado caso de que no suframos un vértigo!

—¡Más vale bañarse que morir! —dijo el cabileño.

—No lo decía por mí, sino por la princesa. ¿Podrá resistir el empuje del agua y la atracción del abismo?

—La ayudaremos. Además, no bajaremos más que en caso de peligro y en el último momento.

Se volvieron hacia donde estaban sus compañeros, los cuales se habían sentado sobre la hierba, a la sombra de una gigantesca higuera, y se preparaban para almorzar.

No sabiendo cuánto podía durar aquella fuga, Cabeza de Hierro, como hombre prudente, antes de partir del aduar había metido en su saco provisiones de pan, dátiles, queso y hasta medio cabrito asado que había sobrado de la cena del día anterior.

Antes de almorzar habían tomado precauciones para no ser sorprendidos, enviando dos negros a los linderos del bosque para vigilar la llanura.

La princesa, que parecía de buen humor y se reía con el barón, satisfecha, sin duda, por haber burlado a Zuleik, no hizo ascos a la despensa de Cabeza de Hierro.

—Aprovechémonos, puesto que tenemos tiempo —dijo.

Terminado el almuerzo, se sentaron en círculo y discutieron sobre su situación. Todos se preguntaban con cierta ansiedad cómo terminaría aquella aventura y cuándo podrían volver a Argel para intentar el último golpe, o sea la libertad de la condesa de Santafiora.

Discutiendo estaban tan arduo problema cuando vieron venir a los dos negros que se encontraban en acecho.

Al mirar su rostro descompuesto, comprendieron pronto que las noticias no eran buenas.

—¿Vienen? —preguntaron, levantándose.

—Sí, señores —respondió uno de los negros—. Un gran pelotón de caballo ha atravesado la garganta de las colinas y trotan en la llanura.

—¡Han hallado nuestras huellas! —dijo el barón, mirando a la princesa con inquietud—. ¡No hay duda; vendrán aquí!

El cabileño se levantó con el yatagán en la mano.

—Conducid los caballos y los camellos al borde de la catarata. ¡Es preciso que desaparezcan!

—¡Qué lástima matar unos caballos de tanto valor! —exclamó el normando con tristeza.

—¡Es necesario, hermano!

—¡Sacrificadlos, pues! —dijo Amina—. ¡En mis cuadras hay otros de repuesto!

Los negros obedecieron prontamente.

Arrastraron a los pobres animales hasta el borde de la cascada, y con pocos tajos de yatagán los sacrificaron, haciéndolos caer en la enorme corriente de agua.

—¡He aquí un capital que se echa al río! —dijo Cabeza de Hierro, que asistía a la matanza.

Una vez desaparecidos los animales, el cabileño se había lanzado a la comisa y ató una recia cuerda de pelo de camello a la punta de una roca.

—Yo bajo primero —dijo—; la señora irá después.

—¡Un momento! —replicó el normando—. ¿Quién desatará la cuerda? Si la dejamos atada a la roca y pendiente en el abismo, los genízaros adivinarán que hemos buscado refugio bajo la cascada.

—Mi negro, que descenderá el último, se encargará de ello —respondió el cabileño—. Es ágil como una mona y ha bajado otras veces por sí solo.

Se agarró a la cuerda y se dejó deslizar hasta la cornisa, que conducía bajo el salto de agua.

La princesa, el barón y luego los demás hicieron lo propio, golpeándose contra las paredes y mirando con terror al abismo que se abría bajo sus pies.

Al caer la enorme masa de agua producía una corriente de aire violentísima, que amenazaba despedazar a aquel grupo humano. Una lluvia espesa caía de todas partes, inundando a los fugitivos, los cuales en ciertos momentos se encontraban envueltos en una verdadera nube de espuma que les impedía ver la cornisa.

El retumbar producido por la gigantesca columna al romperse en el fondo del abismo era tan espantoso, que todos sentían el cerebro atronado.

—¡El que sufra el vértigo que cierre los ojos! —había gritado el normando.

El cabileño cogió la cuerda, que su esclavo había desatado antes de dejarse deslizar a lo largo de la pendiente de la roca. Anudó una extremidad de ella a una raíz que asomaba en una quebradura, tomó el otro extremo y se ocultó resueltamente bajo la columna de agua, desapareciendo entre un torbellino de espumas.

Pasaron algunos instantes de angustiosa espera. Sin embargo, el cabileño debía de haber alcanzado felizmente el refugio, porque la cuerda se había puesto tensa bruscamente.

—¡Comprendido! —dijo el normando—. ¡Esto ofrece un sólido punto de apoyo!

Después, acercando los labios al oído de la princesa, gritó:

—¡Agarraos a la cuerda, señora! ¡Yo os precedo!

La mora hizo con la cabeza una señal de asentimiento, y ambos, fuertemente cogidos a la cuerda, se pusieron en marcha, siguiendo lentamente y con infinitas precauciones la cornisa.

Bien pronto se encontraron bajo el salto de agua, que al caer desde la altura formaba una maravillosa arcada, comprendiendo un vasto espacio dentro de sí.

El momento era terrible. El mismo normando tuvo que cerrar los ojos para no sentir la atracción del abismo, dentro del cual las aguas mugían con un ruido espantoso.

Chorros de espuma, que la corriente de agua producida por la cascada arrojaba por todos lados, caían sobre los audaces fugitivos, cegándolos por completo. Luces extrañas, que tenían todos los reflejos del arcoíris, y que a cada momento variaban de color, se reflejaban detrás de la catarata, que el sol hacía centellear como una inmensa campana del más puro cristal.

Jadeantes, empapados de agua, con el cerebro atronado y el corazón suspenso, los fugitivos se detuvieron un momento para cobrar aliento, manteniéndose desesperadamente agarrados a la cuerda. La vorágine ejercía sobre ellos una atracción irresistible, y algunas veces se sentían acometidos por un loco deseo de lanzarse en el abismo, dejándose caer entre aquellos nimbos de espuma que mugían bajo sus pies.

Un grito que salió de dentro de la cascada les sacó de aquella peligrosa situación.

—¡Pronto! ¡Acercaos!

Aquel grito había sido lanzado por Ibrahim.

—¡Adelante! —gritó a su vez el barón, sosteniendo con una mano a Amina.

Mirando donde ponían los pies, para no resbalar en la cornisa, y manteniéndose siempre arrimados a la pared y bien agarrados a la cuerda, se deslizaron hacia adelante. Entre las ondas del agua pulverizada se descubría vagamente al cabileño, el cual agitaba los brazos haciéndoles señas de que apresuraran el paso.

Habían llegado al centro de la cascada. El cabileño agarró al normando, que iba el primero, y lo atrajo hacia sí, gritándole al oído:

—¡Los genízaros!

Y luego le empujó hacia una cavidad de la roca.

Era un verdadero antro, producido quizá por algún hundimiento, de forma irregular y capaz de albergar a unas diez persona. El agua se filtraba por todas partes; pero, siendo la roca muy pendiente, se deslizaba con prontitud.

Delante de él la catarata se desplomaba, dejando entre su curva y la pared pedregosa un espacio de muchos pies, una bóveda que se prolongaba de una a otra ribera y donde el aire se agitaba con violencia.

El estrépito en aquel punto era tan espantoso que las rocas temblaban y los fugitivos no podían entenderse sino a gritos.

Apenas se hubieron acomodado todos dentro de aquella cavidad, el cabileño cogió por una mano al barón y le condujo hacia la salida, señalándole la orilla opuesta. A través de la columna de agua, cuya transparencia era tal que permitía descubrir las dos orillas del río, el joven caballero distinguió muchos jinetes, los cuales galopaban en varias direcciones, como si buscasen algún rastro.

—¡Sí, los genízaros! —murmuró el barón, y también el normando, que se le había reunido y los espiaba atentamente.

Los jinetes, una veintena, si no más, habían saltado a tierra y miraban al suelo por todas partes. Debían de haber visto las huellas de los caballos y de los camellos impresas en el terreno húmedo, y se mostraban sorprendidos de que cesasen de pronto, porque no podían admitir la idea de que los fugitivos hubiesen atravesado el río, que aun por debajo de la cascada corría velozmente, formando torbellinos peligrosísimos y absolutamente insuperables.

—¡Qué buena ocasión para cazarlos —dijo el normando— sin correr peligro alguno de ser descubiertos detrás de esta cortina de agua, y toda vez que no podrían oír las detonaciones entre el ruido ensordecedor de la cascada! ¡Lástima que nuestros arcabuces estén llenos de agua!

Durante más de una hora los genízaros continuaron sus pesquisas vagando por la ribera, hasta que al fin, desesperados de no encontrar las huellas, decidieron alejarse siguiendo la corriente del río.

Un poco más tarde, otro pelotón llegaba cerca de la catarata, y volvieron a emprender nuevas pesquisas con el mismo éxito negativo. Luego se reunieron en un grupo y discutieron un poco, hasta que también adoptaron la resolución de marcharse en la misma dirección que llevaba el destacamento anterior.

Los fugitivos, aunque tuvieran la seguridad de no ser ya importunados, todavía no se atrevían a abandonar su refugio.

Querían esperar la puesta del sol antes de ganar la ribera opuesta.

Un poco antes de que el sol desapareciese tras el horizonte, el esclavo de Ibrahim, sirviéndose de las raíces y de los salientes de las peñas, subió a la ribera para explorar los contornos. Al verle regresar hacia la catarata con paso tranquilo, el normando y el cabileño dieron la orden de marcha.

La travesía de la cornisa se realizó con menos dificultad que antes, pues ya estaban todos habituados al abismo. La cuerda fue lanzada por el negro, que estaba sobre la cima de la roca, y uno a uno salieron por fin de aquel báratro, refugiándose en el vecino bosque.

CAPÍTULO XI

LA TRANSFORMACIÓN DE UN GUERRERO

Ayudado por los negros, el cabileño se puso presto a la obra, a fin de improvisar una cabaña de ramas para la princesa, la cual se caía de sueño, en tanto que el normando y el barón encendían un buen fuego para enjugarse los vestidos, que estaban empapados de agua.

Se dividieron fraternalmente los restos del almuerzo, y luego todos se acurrucaron en el césped, bajo la vigilancia de uno de los negros.

Nada turbó su sueño, que fue tranquilo; solamente hacia el alba una banda de chacales se entretuvo en ofrecer a los durmientes un diabólico concierto, que fue pronto interrumpido por un disparo de arcabuz.

A las cinco, todos estaban en pie, formando círculo alrededor del fuego, porque las mañanas son frescas en Argelia, especialmente en el interior y cerca de los grandes ríos.

Se trataba de adoptar una resolución acerca de lo que debía hacerse, pues faltaban los víveres y el país estaba desierto.

—Lo que hay que buscar en primer término —dijo el normando— son cabalgaduras. Caballos o camellos, poco importa, con tal que se encuentren.

—En eso pienso yo —había respondido el cabileño.

—Creo que no irás a buscarlas al aduar.

—No cometeré esa locura —respondió el cabileño—. Tus enemigos habrán dejado soldados allí para detenernos a nuestro regreso.

—Cierto —dijo el barón.

—Iré a buscarlas en una tribu amiga que posee buenos camellos, y hasta caballos de la mejor raza.

—¿Está lejana esa tribu? —preguntó Amina.

—A unas diez millas. Acampa en las llanuras de Bogar.

—¿Podrás llegar en cuatro horas? —dijo el normando.

—No pido tantas. Mis piernas y las de mi negro son buenas.

Amina sacó de la faja una bolsa de seda asaz repleta.

—Aquí hay cincuenta cequíes —dijo, alargándosela al cabileño—. No escatimes nada para que los caballos sean buenos y resistentes sobre todo.

—Yo mismo los elegiré.

—Y no te olvides de traernos víveres —dijo el normando.

—¿Adónde iremos después? —preguntó el barón, mirando a Amina—. ¿A Argel?

—¿Osaríais volver? —exclamó la princesa.

—Allí está...

—¡Sí, es cierto! —murmuró la mora con un suspiro—. Pero volver a Argel es buscar la muerte.

—¡Hace ya más de dos semanas que la desafío todos los días!

—Pero entonces se ignoraba que erais un cristiano, mientras que ahora todo el mundo sabe que sois el barón de Santelmo.

—¿Queréis condenarme a permanecer en este desierto en la más completa inacción?

—¿Y yo, y el mirab, y mis gentes? ¿Acaso no servimos de nada? —preguntó el normando—. Pues todos os hemos prometido trabajar por la liberación de la condesa de Santafiora.

—¡Gracias; lo sé! —respondió el barón—. No obstante, no podré resignarme a permanecer aquí inactivo. ¡Suceda lo que suceda, volveré a Argel!

—Y a las pocas horas seréis preso —añadió el normando—. ¿Qué decís vos, señora?

Amina, que había estado silenciosa durante unos momentos, dijo con tono resuelto:

—Nosotros conduciremos al barón a Argel, y desafío a que nadie pueda reconocerle.

—¿Cómo? —exclamó el normando, mirándola con estupor.

—Y hasta podríamos introducirle en la Casbah, en el propio harén del bey. Pero antes nos veremos obligados a ir a uno de mis castillos para hacer la transformación, siempre que el barón consienta en ello.

—Estoy decidido a todo, con tal de entrar en Argel —dijo el caballero.

—¿Encontraréis el medio de hacerle entrar en la Casbah? —exclamó el normando.

—Sí.

—¡Es imposible! Si fueseis capaz de realizar ese milagro, la salvación de la condesa de Santafiora seria cosa de juego.

—Pues ese milagro se realizará.

¡Explicaos, señora! —dijo el caballero.

—Si os transformasen en una muchacha, ¿qué es lo que diríais? —preguntó Amina.

—¡Por los cuernos de Satanás! —exclamó el normando, sorprendido por aquella idea—. Y ¿por qué no? Sois joven, imberbe y hasta hermoso como una circasiana. Vestido con un traje de mujer nadie adivinaría la verdad.

El barón permanecía mudo. En cambio, Cabeza de Hierro reía a carcajadas, pensando en la figura que haría aquel joven y valeroso guerrero vestido de mujer.

—¡Ea, señor barón —dijo el normando—, fuera escrúpulos! ¿Os parece inverosímil la idea, o es que sentís cambiar de sexo? Pensad que se trata de la condesa de Santafiora. Por ella, por su libertad, todo debe intentarse.

—Sí; tenéis razón! —dijo el caballero—. Si yo entrara en la Casbah, pronto sacaría a la condesa de manos de los genízaros, de los eunucos y de los guardias del bey.

Pero, ¿podré adoptar las maneras femeninas? ¿No se verá el engaño?

—De eso me encargo yo —dijo Amina—. Yo os juro que entraréis tranquilamente en Argel.

—Pero ¿qué figura voy a hacer?

—¡Estupenda, señor barón! —dijo el normando.

—¡El barón de Santelmo, disfrazado de mujer! —exclamó Cabeza de Hierro—. ¡Cómo se reirán en Malta si lo supiesen! ¡Ja, ja, ja!

—Se trata de salvar la vida y no hay que tomarlo a broma, señor Barbosa —dijo el normando.

El ilustre descendiente de los cruzados cerró los labios.

—¡Pensadlo bien, señor barón! ¿Estáis decidido? —preguntó Amina.

—Haré lo que queráis.

—Pues iremos a mi castillo de Top-Hané, que se encuentra a media hora de Blidah, y allí se efectuará vuestra transformación. En el castillo hay todo lo necesario, y hasta literas para llevaros a Argel como a una dama.

A mediodía, el cabileño estaba de regreso con el negro, conduciendo diez hermosos caballos de largas crines y formas esbeltas.

Después de comer presurosamente, todos montaron en los caballos, incluso Ahmed, que había empeorado con aquella fatigosa marcha.

—Tú vendrás con nosotros —dijo Amina a Ibrahim—, y no tendrás que arrepentirte por la pérdida de tu aduar. Tengo tierras y castillos para indemnizarte de ella.

—Eres generosa, princesa —respondió el cabileño—, y yo, siervo tuyo desde ahora.

—¡Al trote! —gritó Amina alegremente—. ¡Si tropezamos coro los genízaros, los haremos correr hasta que revienten sus caballos!

Atravesaron el bosque sin tropiezo desagradable alguno, y después la llanura. La princesa, que debía conocer al dedillo la Argelia central, se había puesto a la cabeza del convoy y lo guiaba sin vacilaciones de ningún género.

A las tres de la tarde pasaban al oriente de Medeah, internándose entre las montañas pedregosas que separan esta ciudadela de Milianah, sin detener su vertiginosa carrera. Por otra parte, el país en aquella época estaba poco habitado; no había en el más que unas cuantas aldeas y algunos aduares.

Antes de las ocho de la noche, y con los caballos todavía en buen estado, a pesar de aquella larguísima carrera, el convoy se detenía delante de un castillo situado en la ribera de un hermoso lago y defendido por dos torrecillas y algunos bastiones.

Era el castillo de Top-Hané, propiedad de la familia de los Ben-Abend.

Dándose a conocer a los criados, la princesa hizo introducir en el castillo a sus amigos. Su primer cuidado fue pedir noticias de Zuleik, temiendo que este hubiera mandado gentes a sus posesiones; pero, por fortuna, nadie se había presentado en Top-Hané. Sin embargo, no era prudente detenerse en el castillo mucho tiempo, porque Zuleik, después de su viaje infructuoso en busca del barón, podía hacer una incursión por aquellos lugares.

Por este temor decidieron todos no pasar allí más que la noche y partir para Argel al día siguiente. A pesar de esta decisión, y para mayor seguridad, se pusieron centinelas en el bosque con la orden de avisar al menor asomo de peligro.

La noche pasó sin alarma de ningún género. Probablemente, Zuleik había continuado la persecución de los fugitivos a lo largo de las riberas del Keliff, suponiendo que habrían tratado de ganar la bahía de Arzeu o de Orán para embarcarse y volver a Argel por mar.

A la mañana siguiente, Amina ayudada por algunas esclavas, procedía a la transformación del caballero de Santelmo. Había hecho abrir los enormes cofres de familia, que, además de ricos y espléndidos trajes, contenían también inestimables joyas acumuladas en España por sus abuelos, conquistadores de Córdoba y Granada. Vestidos de seda recamados de oro y de perlas, corpiños riquísimos con botones de esmeraldas y de rubíes, mantos de todos géneros, turbantes multicolores, etc.

En la actualidad, la princesa había cambiado de idea. Para alejar toda sospecha, quería transformar al barón en una dama marroquí procedente de Fez, en lugar de disfrazarle de esclava.

—Viéndoos entrar en Argel acompañado por mí —había dicho al caballero—, podrían sospechar las autoridades, y especialmente Zuleik.

—Es verdad, señora —respondió el normando, que asistía a la *toilette* del barón—. Vuestro hermano es muy astuto. Dejad que yo conduzca al barón con una pequeña escolta de hombres disfrazados de marroquíes. Vuestra compañía podría ser más peligrosa que útil, porque estoy seguro de que os vigilarán.

—Entonces, ¿no me aconsejaréis que conduzca al barón a mi palacio?

—¡Oh, no; de ningún modo!

—En tal caso, ¿dónde iré a alojarme? —preguntó el barón.

—Contamos con el renegado de Argel, un hombre de confianza que volverá a veros con mucho gusto. Os esconderéis en su casa hasta que hayamos encontrado la manera de que entréis en la Casbah.

—De eso me encargo yo —dijo la princesa—. No me será difícil, apoyada por un buen regalo, decidir al jefe de los eunucos a que os admita en el harén. Nada puede rehusarse a una Ben-Abend. He aquí los vestidos, que os sentarán a maravilla.

El barón comenzó a disfrazarse sin la menor vacilación, aun cuando experimentaba cierto disgusto al ponerse aquellos arreos femeninos. Además, se trataba, no solo de salvar su vida, sino de libertar a la condesa de las manos del bey.

Empezó por ponerse un riquísimo corpiño de seda de color rosa festoneado de oro, que le sentaba muy bien; se endosó los calzones marroquíes de seda blanca y se envolvió en un riquísimo caftán con mangas perdidas, adornado también con ribetes de oro.

Para acabar el disfraz, la princesa le trenzó los largos cabellos rubios, formando con ellos dos gruesas trenzas, que adornó con agujas de oro y brillantes. Por último, le tiñó las uñas con *henné*, volviéndolas doradas y relucientes, y trazó por debajo de los ojos dos líneas con un poco de antimonio para que resaltasen mejor.

—¡Maravilloso! —exclamaba el normando—. ¡He aquí una muchacha que trastornará los cerebros!

—Señor —decía Cabeza de Hierro—, yo no os reconozco, y me sentiré orgulloso de acompañar a tal mujer.

El barón no podía menos de reír con tales exclamaciones.

—El efecto es completo —decía la princesa—. ¡Mirad!

Y al decir esto le llevó ante un espejo de Venecia.

El propio barón se miraba estupefacto en el cristal, porque él mismo no se reconocía.

—¿Qué tal? —le preguntó la princesa, riendo.

—¡Prodigioso, en efecto! —confesó el joven—. Si esta idea se os hubiese ocurrido antes, acaso a la hora presente se habría cumplido mi misión.

—¿Creéis que puedan reconoceros ahora?

—¡No; es imposible!

—Podéis entrar en Argel sin temor de ser descubierto —dijo el normando—. Los dos cabileños, su negro y yo, vestidos de marroquíes, os daremos escolta.

—¿Y yo? —preguntó Cabeza de Hierro.

—Volveréis con la princesa, y os reuniréis con nosotros en casa del renegado —respondió el normando—. Podrían reconoceros y todo se echaría a perder.

—¡Qué lástima! —exclamó el catalán—. ¡Hubiera estado orgulloso de formar en el acompañamiento de tan linda dama!

Los dos cabileños, el negro y el normando se disfrazaron en pocos momentos de marroquíes con inmensos turbantes blancos y capas turcas. Los primeros se habían colocado ya a los lados de la litera, en tanto que el marino se ponía en la faja un verdadero arsenal de armas, como acostumbraban llevar aquellos fieros y belicosos montañeses.

—Señora —dijo el normando a la princesa en el momento de partir—, obrad con prudencia y guardaos de vuestro hermano, el cual no dejará de espiaros. Vuestros negros conocen ya la casa del renegado. Servios de ellos si estáis segura de su fidelidad.

Amina se acercó al barón, el cual había subido ya a la litera. Parecía algo conmovida.

—¿Cuándo volveremos a vernos? —le preguntó.

—Cuando vos queráis, Amina. Aun cuando debiera costarme la vida, iría a vuestro palacio a la menor indicación que me hicieseis.

—¡No! —dijo ella, moviendo la cabeza—. No vayáis, porque os matarían. Un nuevo encuentro entre nosotros podría sernos fatal. Pero antes de que salgáis de Argel, si triunfáis en vuestra empresa, como espero, nos encontraremos por última vez.

Se interrumpió; su voz parecía que ahogaba un sollozo en la garganta.

—¡Dios es grande! —dijo después con acento resignado—. ¡No lo ha querido!

Luego, apartando bruscamente la mano que el barón estrechaba entre las suyas, entró presurosa en su palacio.

A una seña del normando, la litera se puso en camino, precedida por los dos cabileños y el negro.

El barón se había sentado en los ricos cojines de seda, bastante conmovido también por aquel coloquio.

Un sol tórrido, que anunciaba una jornada de fuego, vertía sus rayos ardientes sobre la blanca y polvorienta carretera que serpenteaba entre campos de azafrán y de mijo sin un palmo de sombra.

En lontananza se veía algún grupo de tiendas, algún aduar. En cambio, en los campos no había ni un argelino ni un esclavo.

La litera, que avanzaba lentamente, y las gentes que la rodeaban se detuvieron al mediodía bajo un grupo de higueras, para conceder un poco de descanso a los animales y para almorzar.

A las cuatro próximamente dieron vista a Argel, que se destacaba con claridad entre el azul diáfano del cielo.

—¡Valor! —dijo el normando, que cabalgaba al lado de la litera—. No pronunciéis una sola palabra, y dejadme a mí el cuidado de parlamentar con los guardias en las puertas.

Descendieron por la colina y marcharon hacia la ciudad, siguiendo una amplia carretera sombreada por soberbias palmeras y que conducía a la puerta de Occidente.

El negro había abierto una gigantesca sombrilla de seda roja.

Como había previsto el normando, la puerta estaba vigilada por un fuerte destacamento de soldados mandados por un oficial. Todo árabe, esclavo o moro que entraba o salía era interrogado.

Vigilaban atentamente con la esperanza de sorprender al barón.

El normando cambió una mirada con este y se colocó a la cabeza del grupo, adoptando un aspecto desdeñoso, como convenía al mayordomo de una gran dama marroquí.

Al descubrir la litera, y especialmente la sombrilla de seda, el oficial se había retirado seguido de cuatro soldados, haciendo seña al normando para que se detuviera.

Este, en lugar de obedecer, había gritado con imperio:

—¡Dejad paso libre a la hija del gobernador de Udja, la princesa Ain Faiba el Garbi!

—Perdonad; pero tengo orden de vigilar a toda persona que entre en Argel —respondió el oficial cortésmente, aunque con firmeza.

—¿También a la princesa? ¡Me quejaré al sultán de Marruecos por el modo como se recibe en Argel a sus súbditos!

—Tengo orden...

—Pues decid a la princesa que se alce el velo si os atrevéis.

—Me bastará con ver si es realmente una dama.

—¡Miradla, pues!

El oficial se acercó a la portezuela y lanzó una mirada al barón, el cual había bajado el velo sobre la frente.

—Pasad —dijo, haciendo señas a los soldados para que se retirasen.

—¡La salud sea con vosotros!

La litera entró en la ciudad, precedida siempre por el normando y flanqueada por los dos cabileños y el negro.

—¡Gracias a Dios! —murmuró el normando, respirando libremente—. ¡Aguardad ahora a que entre el barón de Santelmo!

Para no despertar sospechas descendieron hasta el puerto, donde era fácil hacer perder sus huellas entre la multitud de marineros, soldados y mercaderes que lo llenan a todas horas.

Entonces se ofreció a sus ojos un espectáculo atroz, que los hizo estremecerse. Eran cinco esclavos blancos empalados, que todavía se agitaban en los últimos espasmos de la agonía. Para aumentar sus torturas, los verdugos los habían untado con miel para que las moscas y las avispas aumentaran sus tormentos.

Un cartel colocado a sus pies tenía escritas en árabe las siguientes palabras:

«Empalados por asesinos del capitán general de las galeras.»

¡Canallas! —balbució el normando, que se había puesto lívido—. ¡Bien hacen en llamaros las panteras de Argel, malditos musulmanes!

Hizo apretar el paso a las mulas de la litera, ansioso de perder de vista aquel atroz espectáculo, que le producía un hondo malestar.

Llegados a la plaza del batestán, o mercado de los esclavos, se encaminaron hacia la parte alta de la ciudad en dirección de la Casbah, en cuyas cercanías, como sabemos, se encontraba la habitación semidestruida del renegado.

Llegaron a ella al ponerse el sol. Antes de entrar, el normando exploró los alrededores para asegurarse de que nadie los había seguido, y luego entró en el vestíbulo, hallando la puerta abierta.

El renegado, como de costumbre, estaba en adoración delante de un enorme frasco. Así se consolaba de los desprecios de los esclavos cristianos por haber renegado de su fe, y del aislamiento en que le dejaban los musulmanes tratándole como a un ser inmundo.

Al ver entrar aquel grupo de marroquíes y aquella rica litera, el pobre diablo experimentó tal sobresalto, que en vez de ir a recibirlos se levantó para huir a la barraca. Una voz del normando le detuvo.

—¿Es así como recibes a los amigos?

—¡Miguel! —exclamó el español, acercándose con paso vacilante, dudando todavía de no haberse engañado.

—Deja el frasco y ayúdanos. Tenemos hambre, sed, sueño y una princesa marroquí que alojar en tu barraca. Cierra la puerta ante todo, y atráncala bien.

—Pero ¿eres tú?

—Sí; en forma de marroquí.

—Sabes que el mirab...

—No se le ha encontrado en su ermita lo sé. ¡Anda, despacha!

El renegado, que entre el vino bebido y el estupor parecía que se había vuelto imbécil, acabó por obedecer.

Cuando retornó con una lámpara encendida, por poco no la deja caer al ver enfrente de sí a una joven ricamente vestida, sentada tranquilamente sobre un montón de tapices.

—¡Una dama en mi casa! —exclamó abriendo los ojos desmesuradamente.

—¡Silencio, no grites tan fuerte! —le dijo Miguel—. Es una dama a quien has recibido otras veces, y que ha bebido contigo aquel viejo vino de Alicante.

—¿Qué dices?

—¿No me reconoces, pues?—preguntó el caballero, quitándose la capa y el turbante que le cubría la cabeza.

—¡Esa voz! ¡Es la propia voz del barón de Santelmo!

—¡El mismo!

—Pero ¿qué significa esto? ¡Ah, señor barón! Si supieseis...

—También sabemos eso —dijo el normando—. Con que, en vez de charlar como un papagayo, danos de comer. Trae lo mejor que tengas.

Después hablaremos de todo. Por ahora, toma esos diez cequíes para reforzar la cantina, que ya debe de estar casi vacía.

A la vista del oro, el renegado corrió por las provisiones, y llevó además dos excelentes botellas de jerez.

—¡Cenemos! —dijo el normando.

CAPÍTULO XII

LA MISIÓN DEL RENEGADO

Cuando hubieron calmado el apetito y saciado la sed, el normando fue en persona a asegurarse de que nadie andaba por las cercanías de la casa, cosa que era fácil saber, pues la terraza dominaba todas las callejuelas próximas, y la barraca del renegado estaba aislada entre las ruinas de las casas vecinas. Para estar más seguro de no ser sorprendido, puso al negro de centinela en el exterior, con la orden de avisar al menor peligro.

Cuando hubo tomado todas estas precauciones volvió al vestíbulo, donde ya el barón había contado al renegado las peripecias de aquellos días.

—Dime —preguntó el normando sentándose—. ¿Ha venido alguien a preguntar por nosotros?

—Nadie, ni cristiano ni musulmán.

—¿Luego tu casa es segura?

—Nadie vendrá a molestarme. Huyen de mí como de la lepra.

—Mejor —dijo el normando—, porque así podremos estar a tu lado hasta que terminemos nuestros negocios.

—La proximidad a la Casbah hace a tu casa preciosa para nosotros en estos momentos.

—Está a tu disposición. ¿Y el mirab, a quien no he encontrado en su ermita?

—No te preocupes por él. El viejo está en seguridad.

—Su desaparición ha sido muy comentada en Argel, y hasta llegó a decirse que había sido asesinado por los cristianos.

—Los derviches seguirán echando de menos a su jefe. Ya no volverá cerca de ellos, porque yo le aconsejaré que salga de Argel. ¿Conoces tú el palacio de los Ben-Abend?

—Es conocido de todos.

—Si vieras a los dos negros que te han robado, ¿serías capaz de reconocerlos?

—Los recuerdo muy bien.

—Pues mañana irás por las cercanías del palacio y harás lo posible por verlos, porque ahora no te harán ningún mal.

—¿Y qué he de decirles si los encuentro?

—Les presentarás este anillo —dijo el fregatario, sacándose del dedo la sortija de oro con una esmeralda—. Me lo ha dado la princesa, y servirá para que te reconozcan como amigo nuestro. Esperarás la respuesta, y la traerás sin tardanza.

—Ignoraba eso —dijo el barón.

—Es una sabia precaución que la princesa ha aprobado. Nosotros somos personas demasiado sospechosas para mostrarnos en las cercanías del palacio, aunque lo hiciésemos disfrazados de marroquíes. Zuleik estará alerta y vigilará. En cambio, este hombre no es conocido y podrá servirnos sin correr peligro.

—¡Sois astuto de veras!

—Como todos mis compatriotas —replicó el normando sonriendo.

—¿Crees que la princesa realizará su propósito?

—¿De introducirnos en el harén? Sin duda, señor barón. Tiene amistades poderosas, y no le será difícil conseguir que os introduzcan entre las doncellas de la Casbah, donde haréis una espléndida figura.

—¿Y cómo haremos para libertar a la condesa?

—Preparemos el plan. Nosotros estaremos dispuestos a prestaros ayuda, y apenas dado el golpe partiremos de Argel. Por otra parte, la vigilancia en la Casbah no es rigurosa, de manera que por la noche y con una recia cuerda no os será difícil bajar por las murallas con la condesa.

—Por la torre de Poniente —añadió el renegado—. Hace dos años que habito esta casa, y nunca vi centinelas en las almenas. Inspira demasiado pavor a todos aquel lugar.

—¿Por qué? —preguntó el normando.

—Se dice que desde el asesinato de la hermosa Naida, la favorita del anterior bey, nadie ha osado poner el pie en aquella torre, donde el espectro de la odalisca se aparece todas las noches.

—Yo no tengo miedo a los aparecidos—dijo el barón—, y no será, ciertamente, el espíritu de esa odalisca quien me impedirá fugarme con la condesa.

El renegado les ofreció su mejor estancia, donde se encontraban algunos viejos divanes que podían servir de lecho. En cuanto a él, prefirió acostarse en el vestíbulo, en compañía de los dos cabileños y el negro.

Cuando el barón y el fregatario se despertaron, el renegado había ya partido para rondar el palacio de los Ben-Abend.

—Es un buen diablo y, sobre todo, servicial —dijo el normando—. Si quiere le conduciremos a Italia.

—¿Conseguirá ver a los negros de la princesa? —preguntó el barón.

—Sí, y hasta tengo la seguridad de que traerá buenas noticias.

—¿Estará ya en Argel la princesa?

—Indudablemente.

—¿Y Cabeza de Hierro?

—Le habrá traído en su compañía disfrazado de eunuco o de negro.

—Sentiría partir sin él.

—¡No perderíais gran cosa!

—Es fiel, y fue criado de mi padre.

—Pero no vale mucho en el peligro, a pesar de su famosa maza de hierro.

La espera fue larga. Hasta la noche no volvieron a ver al renegado, que se presentó todo cubierto de polvo y jadeante, como si hubiese recorrido cinco leguas de un tirón.

—¡Grandes novedades! —dijo apenas hubo entrado en el vestíbulo—. ¡No he perdido el día, os lo aseguro!

—Bebe para tomar aliento —dijo el normando dándole un jarro de vino—. Así hablarás mejor.

El renegado vació el jarro de un solo trago.

—¿Viste a los dos negros?

—En seguida.

—¿Te reconocieron?

—Y hasta me esperaban.

—¿Les mostraste el anillo?

—Me lo pidieron ellos, y me han dado un billete.

—¿Un billete? —exclamó el barón—. ¡Veamos!

El perfume de ámbar que exhalaba advirtió presto al barón que era de Amina.

No contenía más que estas palabras:

«A media noche, en la ermita del mirab.»

—¿Irá la princesa?

—No es posible que pueda cometer tal error —dijo el normando—. Acaso encontraremos a algún esclavo suyo.

—¿Y si Zuleik hiciese vigilar a los siervos de su hermana?

—La princesa habrá adoptado todo género de precauciones para evitar ese peligro. Además, iremos todos bien armados y con los caballos dispuestos para emprender la huida.

—Primero mandaremos a algunos para espiar los contornos.

—Iré yo, señor barón —dijo el renegado—. Conozco el lugar palmo a palmo.

—Pues lleva armas, pero no de fuego; un pistoletazo alarmaría a los centinelas de la Casbah.

—Bastará con el yatagán.

Cenó apresuradamente, y salió después de haberse colocado el yatagán en la faja.

Entretanto, el barón se había despojado de los vestidos de mujer, para estar más libre en sus movimientos.

A las once y media también ellos salían de la casa.

Los dos cabileños y el negro conducirían los caballos por las bridas, así como las mulas de la litera, en cuyas sillas llevaban los arcabuces y las pistolas.

Recorrieron en silencio los bastiones de la Casbah, ocultándose en la sombra que proyectaban las murallas, y se detuvieron un momento delante de la torre de Poniente, cuya altura midieron con la vista.

—¡Doce metros por lo menos! —dijo el normando—. Con una cuerda buena de seda se puede descender sin peligro. Mañana mandaré comprar una y yo mismo haré los nudos. Podéis esconderla fácilmente en vuestro cofre.

—¿Cuál, si no lo tengo? —preguntó el barón.

—Nos lo compraremos, señor. Una beslemé que se respeta debe llevar su cofre bien repleto.

—¿Ves algún centinela por aquí?

—No, señor barón; y hasta acabo de observar una cosa.

—¿Qué cosa?

—Que dejándonos deslizar por la fachada de Levante, que se encuentra a la sombra, difícilmente podréis ser descubierto por la escolta que se halla sobre la terraza del bastión.

Continuaron el camino, y al final del bosquecillo de palmeras tropezaron con el renegado, que estaba sentado sobre un montón de piedras.

—¿Ha venido el mensajero de la princesa? —le preguntó el normando.

—La ermita está todavía desierta.

—¿Y has visto por estos contornos algo sospechoso?

—Nada.

El normando hizo ocultar en el bosque los caballos, diciendo a los dos cabileños:

—Dejadlos aquí al cuidado del negro, y vosotros observad y avisadme si alguno llega.

La ermita estaba a pocos pasos. Atravesaron la explanada, no sin cierta emoción y con las manos en la empuñadura de los yataganes.

Ya iban a entrar en la ermita cuando vieron aparecer por detrás de una higuera un hombre embozado en largo manto oscuro que avanzaba fatigosamente apoyándose en un bastón.

—¡Que me ahorquen si este no es el mirab! —exclamó el normando.

—¿El ex templario?

—¡El mismo!

—¡Buenas noches, amigos míos! —dijo el viejo—. No creíais, sin duda, que la persona esperada fuese yo. ¿Cómo va, señor barón?

—En efecto, no os esperaba, mirab —respondió el joven, saliéndole al encuentro—. Todavía os creía escondido en el castillo de la princesa.

—He salido de él por orden suya. Aquí es más útil mi presencia que en el castillo de Ben-Zul.

Dicho esto entró en la ermita, encendió la lámpara y después, volviéndose hacia el barón, le dijo a quemarropa:

—Mañana seréis una beslemé de la Casbah.

—¿Mañana? —exclamó el joven.

—La princesa no ha perdido el tiempo. Estoy encargado de presentaros al jefe de los eunucos, el cual ya ha recibido la orden de admitiros al servicio de la segunda kadina[5] del bey.

—¿Y podré ver a la condesa de Santafiora? —exclamó el barón con sobresalto.

—No os será difícil, siendo, como es, la beslemé de la primera kadina.

---

5   Todo musulmán se puede casar con cuatro mujeres que se llaman kadinas.

—¿Y si llegasen a advertir que soy un hombre?

—En ese caso, os condenarían a muerte. Jugáis una partida terrible, señor barón.

—Lo sé, y estoy decidido a todo.

—¿Y cómo ha podido obtener esa gracia la princesa? —preguntó el normando.

—Con el concurso de una amiga suya que está emparentada con la primera mujer del bey —dijo el mirab.

—¿Y os han confiado el encargo de presentarme al jefe de los eunucos? —dijo el barón.

—Vos sabéis que, en mi calidad de jefe de los derviches, las puertas de la Casbah no se me cierran nunca. Solo las del harén me están cerradas, como a todo el mundo.

—¿No se habrá enterado de nada Zuleik?

—No.

—¿Estabais en la ermita esta mañana?

—Sí, y he visto rondar por aquí dos negros.

—¿Esclavos de Zuleik?

—Lo supongo. ¡Tened cuidado con él! Ese hombre ha jurado apoderarse del barón. ¡Ah, me olvidaba de una noticia importante!

—¿Cuál? —preguntó el caballero.

—La princesa me ha advertido que acaso Zuleik intente algo por su parte para sacar de la Casbah a la condesa de Santafiora.

—Llegará demasiado tarde —dijo el normando—. Señor barón, pongámonos de acuerdo para que podamos ayudaros en cuanto descendáis de las murallas de la Casbah con la condesa. Aquí aguardaremos todos, incluso mis marineros. ¿Cuándo intentaréis el rapto?

—Lo más pronto posible.

—Me haréis una señal para prevenirme.

—Según me han dicho, en la torre de Poniente ninguno vela.

—Es verdad —dijo el mirab.

—Pues haré la señal desde la cima de la torre.

—¿De qué modo?

—Encendiendo una luz.

—Pues no la perderemos un momento de vista —dijo el normando—. Tornemos a nuestra barraca, y mañana bajaré a la ciudad a comprar todo lo necesario. ¡Haremos de vos una beslemé soberbia!

CAPÍTULO XIII

EN EL HARÉN DEL BEY

Aunque decidido a jugar la última partida con valor desesperado, y por más que estuviese dotado de una audacia a toda prueba, no sin profunda emoción vio el caballero de Santelmo llegar en la tarde del día siguiente una litera conducida por dos negros de la Casbah dirigidos por el mirab.

El renegado, que había sido en otro tiempo siervo de una gran dama berberisca, y para quien los secretos del tocador no eran desconocidos, hizo prodigios para transformar al joven caballero en una bellísima muchacha digna de ser acogida tras los muros de la Casbah.

Le había trenzado con arte admirable los cabellos, adornándolos con perlas y haciendo resaltar el color de sus mejillas con un poco de carmín. Después le vistió con un espléndido traje berberisco del mejor gusto, ceñido con una faja amplia de seda de colores variados.

Un riquísimo pañuelo dispuesto en forma circular alrededor de la cabeza y un tupido velo de gasa blanca sobre la cara completaban el adorno, el cual no podía ser más elegante ni más seductor.

La transformación era tan completa, que el propio mirab se quedó estupefacto cuando vio delante de sí al valeroso caballero convertido en una verdadera circasiana.

—¡Admirable! —había exclamado al verle—. ¡Haréis furor en la Casbah!

—¿Creéis que nadie puede reconocerme? —preguntó el barón con un ligero temblor en el acento.

—No; tranquilizaos, caballero; nadie podrá dudar ante esta transformación.

—¿Y la voz?

—No hablaréis con nadie. He dicho al jefe de los eunucos que la nueva beslemé es muda: no lo echéis en olvido.

—Me guardaré de decir una sola palabra. Pero decidme: ¿podré ver esta misma noche a la condesa?

—Quizá, en los jardines del harén; pero sed prudente: el peligro os acecha por todas partes en la Casbah.

—La audacia no me falta y, sin embargo, siento un temor infinito, mirab. Temo por la condesa más que por mí.

—Os creo, barón.

—¡Si pudiese huir con ella antes del alba!

—Estaremos prontos a acudir a vuestra señal. La goleta de Miguel tiene ya las velas dispuestas para salir a alta mar.

—Y mis marineros, excepto dos, estarán aquí dentro de poco —dijo el normando.

—¡Vamos, barón, y sobre todo, valor! —dijo el mirab—. ¡No hay que hacer esperar al jefe de los eunucos!

El barón estrechó la mano de sus compañeros. Estaba un poco impresionado, pues, no obstante sus esfuerzos, apenas podía contener la emoción.

Salieron al vestíbulo, donde los dos negros de la Casbah esperaban a la nueva beslemé. El barón subió a la litera y se dejó caer sobre los cojines de seda azul.

—¡Se diría que el valor me falta! —murmuró—. ¿Por ventura tendré miedo?

Los negros alzaron la rica litera y luego salieron a la calle precedidos del mirab, el cual personalmente debía entregar al jefe de los eunucos la nueva doncella, como ya queda dicho.

El normando y el renegado, aunque un tanto inquietos, acompañaron al barón hasta la puerta.

—¡Se necesita verdadera audacia para arriesgarse en semejante aventura! —dijo el fregatario—. Yo no tendría ánimos para poner los pies en la Casbah.

—Nadie descubrirá el engaño —había respondido el renegado—. Además, el barón permanecerá poco tiempo detrás de los muros de la fortaleza.

—¿Has puesto la escala de seda en el cofre?

—Y también armas.

—Entonces todo irá bien.

Los dos esclavos del bey, dos negros robustos, siempre precedidos por el mirab, se encaminaron hacia la fortaleza, residencia del califa, y se detuvieron, no delante de la puerta monumental, sino delante de una puertecita de hierro, para no exponer a la beslemé a las miradas indiscretas de los soldados de la guardia.

Apenas ninguno de ellos reparó en que los dos negros habían entrado en una sala con pavimento de mosaico y las ventanas cubiertas de vidrios de color, que mitigaban la luz fulgurante del sol africano.

Un hombre con la tez casi negra y de aspecto imponente se encontraba de pie en medio de la sala.

—¡Salud, Sidi Maharren! —dijo el mirab, inclinándose profundamente—. Aquí está la doncella.

El jefe de los eunucos, personaje importantísimo en la corte musulmana, aun cuando todos sean de origen negro y de condición ínfima, se dignó responder al saludo con un ligero movimiento de la mano.

Los dos negros habían depositado en el suelo la litera, y el barón descendió de ella. En aquel momento disponía de toda su sangre fría y de todo su valor.

Al bajar hizo un gracioso saludo al jefe de los eunucos, y luego dejó caer lentamente el velo que le cubría el rostro.

El eunuco no pudo contener un gesto que denotaba viva sorpresa.

—¡Es hermosa! —dijo al mirab—. ¡Pocas veces he visto en mi larga carrera un rostro más agradable! ¿De dónde viene? ¿Quién ha recogido esta flor tan rara?

—Es una circasiana —respondió el ex templario—, y ha sido adquirida por un capitán maltés en Turquía.

—¿En qué suma?

—Mil cequíes. La princesa Koden la ha adquirido en ese precio para ofrecérsela al bey.

—¡Esta muchacha vale el doble! —dijo el eunuco.

—¿Qué puesto le has destinado?

—Estará al servicio de la segunda kadina de mi señor. Ahora ya puedes retirarte.

—Cuento con tu protección.

—Será beslemé antes de quince días, y sabe Dios hasta dónde puede llegar. ¡Lástima grande que sea muda!

—Y de nacimiento.

—Haremos de ella una tocadora de cítara. Se dice que las circasianas la tocan Admirablemente.

Hizo al mirab una señal de despedida; después mandó a los negros coger el cofre que contenía los vestidos de la doncella, y abrió una puerta oculta por un pesado tapiz de brocado.

El barón, con el velo echado, le había seguido, fingiendo cierta timidez.

Pasaron a través de varias galerías con las paredes cubiertas de ricas colgaduras e impregnadas en un penetrante perfume de áloe. Luego descendieron unas gradas de mármol blanco que conducían al jardín del harén.

Bajo las sombras de las palmeras, sobre las márgenes de estanques de agua transparente, en los cuales se deslizaban blancos cisnes, recostadas indolentemente sobre ricos tapices, reían y jugueteaban una infinidad de muchachas de rostro encantador y brazos redondos y torneados, con graciosos tocados llenos de perlas y trajes espléndidos.

En medio de los bosquecillos que dividían los jardines se oía el resonar de tiorbas y guzlas, y voces alegres y argentinas cantaban en todos los idiomas; voces de esclavas cristianas, sin duda robadas por aquellos terribles corsarios en las costas de Francia, Italia, España y Grecia.

El jefe de los eunucos se había acercado a una joven dama que estaba recostada a la sombra de una palmera y rodeada de doncellas hermosísimas. Con un gesto alejó a las muchachas, y después de haberse inclinado tres veces delante de la dama, cambió con ella algunas palabras en voz baja.

—Acaso sea la kadina —murmuró para sus adentros el barón.

En aquel instante el jefe de los eunucos se le acercó y quitó el velo.

La hermosa dama miró, por algunos momentos al barón con viva curiosidad, y después hizo una señal afirmativa con la cabeza.

—Saluda a tu ama —dijo entonces el eunuco al barón—. Desecha la timidez, acércate a las demás doncellas, y procura divertirte.

Cuatro o cinco jóvenes se acercaron al barón en aquel momento, riéndose de su embarazo. Luego le cogieron de la mano y condujeron bajo un tamarindo, donde una vieja negra estaba narrando un asunto histórico a un grupo de muchachas y esclavas blancas y negras.

Le ofrecieron dulces y café, y trataron por todos los medios posibles de expresarle su amistad, asediándole a preguntas.

El barón, como es natural, se guardaba muy bien de responder a ellas. Por otra parte, tampoco dominaba el idioma que las doncellas hablaban.

—¡Es muda! —exclamó por último, una linda muchacha.

El joven hizo con la cabeza una señal de asentimiento.

—Pero podrás igualmente divertirte —dijo otra—. Te enseñaremos a danzar y a tañer la tiorba.

Después le hicieron sentarse a su lado y le dijeron que escuchase las historias maravillosas que narraba la vieja, que parecían interesar extraordinariamente al auditorio.

El barón, fingiendo prestar atención a tales consejos, observaba a las jóvenes que paseaban en gran número por los jardines.

Buscaba ansiosamente con los ojos a la condesa, que quizá podría encontrarse entre ellas. En aquel instante casi maldecía la idea del mirab de hacerle pasar por muda, pues eso le impedía preguntar a sus nuevas amigas por la joven cristiana.

Poco a poco, aprovechándose de la atención que prestaban las muchachas a la vieja, había ido alejándose de ellas. De este modo pudo llegar a un grupo de rosales, y viendo un tapiz cerca de ellos, se dejó caer en él, fingiendo estar descansando.

Por instinto adivinaba que la condesa no debía de andar muy lejos. Su propio corazón se lo decía.

De pronto se estremeció, y tuvo que morderse los labios hasta hacerse sangre para no soltar un grito.

En la extremidad de un sendero formado por enormes árboles había descubierto una figura de mujer envuelta en un caftán blanco recamado de oro.

El barón, sin preocuparse de que podría ser visto por alguna esclava, se levantó de un salto en una actitud verdaderamente masculina. Por fortuna, aquel sendero, un poco apartado, estaba solitario. Detrás de los enormes troncos no se oían sonidos de tiorba, ni cantos, ni, carcajadas.

El barón se lanzó hacia aquel sitio, y la mujer del caftán, al verle llegar corriendo, se detuvo, apoyándose en el tronco de un magnolio.

—¡Ida! —exclamó el barón con voz sofocada por la angustia—. ¡Dios nos protege!

Al oír aquella voz, la condesa dejó escapar un grito y se puso más pálida que la muerte. Aun cuando le fuera imposible comprender que bajo los vestidos de una joven se ocultara el barón, el hecho es que había reconocido su voz.

—¡Ida! —repitió el barón.

—¿Vos? ¡Carlos! ¡No, no! ¡Es imposible! ¡Yo sueño! ¡Ah! ¡Pero esa voz... ¿Quién sois?

El barón, en lugar de responder, la había conducido hasta el centro de un grupo de cactus, cuyas enormes hojas los ocultaban por completo.

La condesa, atónita por la sorpresa, se dejó llevar maquinalmente.

—Mírame —dijo el barón estrechando entre sus brazos a su prometida—. ¡Mírame! ¿Ya no me conoces?

—¡Carlos! Pero ¿es verdad? ¡No; deliro, Carlos! —murmuró la joven llorando y riendo al mismo tiempo—. ¿Vos? ¿Tú?

—¡Silencio, Ida! Pueden oírnos, y aquí para todo el mundo debo ser una mujer.

La condesa, muda, absorta, le miraba como trastornada. Cada vez palidecía más, como si estuviese próxima a morir. Una acceso de llanto la salvó probablemente de una crisis que había sido muy peligrosa en aquel momento y en aquel lugar.

—¡Calla. Ida! —murmuró el barón—. Corremos en estos instantes mil peligros, y la muerte puede desplomarse sobre nosotros de un momento a otro.

—¿Tú? ¿Mi Carlos? ¡Y yo que te creía muerto! Zuleik me lo había dicho.

—¡El miserable! Si Dios nos ayuda, esta noche misma saldremos de la Casbah, y mañana estaremos lejos de Argel.

—¡Pobre amigo mío! ¡Eso es imposible! ¡Tú no conoces la Casbah!

—Huiremos: yo te lo prometo, Ida.

—¡Cuántas cosas quisiera preguntarte! ¿Tú aquí? Pero ¿cómo? ¡Si aun creo que estoy soñando!

—Los minutos son cortos para explicarme: puedo ser descubierto de un momento a otro, reconocido como un hombre, y entonces...

—¡Oh; no digas eso! ¡No; no quiero separarme de ti, aunque sufra mil muertes!

—Dios está con nosotros, y triunfaremos. Dime: ¿conoces la torre de Poniente?

—Sí, ¿Por qué me haces esa pregunta, Carlos?

—Porque por ella huiremos.

—¿Cuándo?

—Esta noche: aun no sé por dónde se va a ella; pero encontraré el camino.

—Te guiaré yo. Gozo aquí de cierta protección y, como beslemé, puedo ir a todas partes. Yo sabré el lugar adonde te conduzcan, y te buscaré.

—¿Será posible llegar a la torre de Poniente sin que nos descubran?

—Sí; por la galería de cristales azules. ¡Ah! Me olvidaba del eunuco de guardia.

—¿Cuál?

—El que vigila por la noche esa galería.

—Tengo armas en mi cofre, y en el momento decisivo mi mano no temblará —dijo el barón.

—Después hay que descender de la torre.

—Descenderemos. Todo lo tengo previsto.

—Separémonos, Carlos. Podemos ser espiados. Aquí las murallas y las plantas tienen oídos.

—¿Podrás ir a la estancia que me destinen?

—Estaré allí antes de que suene el toque de queda. ¡Dios mío! ¡Haberle visto cuando le creía muerto! ¡Ah, Carlos mío!

—¡Silencio, Ida! —murmuró el barón.

Un grupo de jóvenes acompañadas de algunas negras que tocaban la tiorba y que cantaban canciones salvajes avanzaba por el sendero. El barón se había ocultado tras un grupo de árboles, mientras la condesa, envolviéndose en su velo, se unía a las alegres beslemés.

—Si no nos descubren, todo irá perfectamente, y mañana estaremos en el mar, libres de Zuleik —murmuró el barón—. ¡Zuleik! ¿Por qué este nombre hace latir mi corazón en el momento supremo?

Se detuvo un instante, sorprendido de aquel repentino temor; después, ocultándose entre los árboles, se deslizó hasta el tamarindo bajo cuya sombra sus nuevas amigas estaban aún escuchando a la vieja.

Ninguna parecía haber notado su ausencia, que solo había durado algunos minutos.

La condesa le había seguido a distancia y se sentó cerca de él, al lado de algunas beslemés que se divertían en hacer correr a los cisnes ofreciéndoles golosinas.

Entretanto, las esclavas, seguidas de varios eunucos, habían comenzado a preparar la cena, compuesta de riquísimos manjares servidos en bandejas de plata y de dulces exquisitos.

Medio tendidas sobre los tapices, a las últimas luces del crepúsculo, kadinas, odaliscas, favoritas y beslemés desmenuzaban con sus agudos dientes las pastillas de madjum, que esparcían un suave perfume.

Todas reían, charlaban o jugaban, felices por poder desterrar el aburrimiento que ni el lujo oriental ni los placeres de la corte podían vencer algunas veces.

Poco a poco, y con infinita prudencia, el barón se había acercado a la condesa, que se encontraba en el círculo formado en torno de la primera kadina, la mujer más poderosa y más temida del harén, porque solamente la gran validé o madre del bey podía competir con ella en influencia.

Ida, aun cuando apareciera visiblemente nerviosa, para alejar toda sospecha, trataba de mostrarse más alegre que de costumbre. Pero de vez en cuando, repentinamente, se quedaba inmóvil y con los ojos fijos en el barón.

Se hubiera dicho que a medida que la noche avanzaba la invadía un loco temor. No obstante, con un esfuerzo supremo conseguía rechazar tales zozobras y recobrar su fingido buen humor.

Tampoco el barón estaba tranquilo. El, que no había temblado delante de la muerte, sentía que el corazón golpeaba en su pecho, contando ansiosamente los minutos de aquella velada interminable.

La noche era tibia e invitaba a gozar de la sombra de las palmeras y tamarindos.

El barón, que se consumía de impaciencia, se había inclinado al oído de la condesa, susurrando:

—¡Ven, Ida!

Acababa de adoptar una resolución desesperada. ¿Por qué no aprovechar aquel momento para efectuar la fuga? Veía infinidad de muchachas alejarse por los senderos desiertos y ocultarse en los bosques silenciosos. Bien podía hacer otro tanto la condesa.

La condesa le había seguido a corta distancia fingiendo coger rosas.

Así caminaban una al lado del otro como dos amigas, y se dirigieron hacia una escalera marmórea que conducía a las habitaciones del harén.

—¡Huyamos! —le había susurrado de nuevo el barón—. Nadie se cuida de nosotros, al menos por el momento, y cuando los eunucos nos busquen estaremos ya en el foso.

—¿Lo quieres, Carlos? —preguntó la condesa, cuya voz ya no temblaba.

—Es el momento de irse. Aguardando hasta más tarde, tengo miedo de que esta fuga acabe en una catástrofe. Me parece que nos amenaza una desgracia.

—Lo mismo temo yo.

—¿Has podido averiguar dónde se encuentra la estancia que me han destinado?

—Sí, la última puerta de la derecha de la sala de los Gigantes.

—¿Y sabrás conducirme a ella?

—Ya te he dicho que conozco todo el harén.

—Necesito abrir el cofre para coger la cuerda y las armas.

—Pues ven, Carlos —dijo la condesa con voz resuelta.

Estaban ya en la cima de la escalera. Ida empujó la puerta, y se encontraron en una galería iluminada por dos lámparas de bronce dorado y cubierta por un tapiz que amortiguaba por completo el rumor de sus pasos.

No había en ella nadie, ni eunucos, ni esclavas. No habiendo sido dada la orden de retirada, todos debían de estar en el jardín.

La condesa atravesó rápidamente la galería seguida por el barón, y entró en una espaciosa sala, cuyas paredes estaban cubiertas de armas de una riqueza fabulosa, dispuestas en grupos artísticos.

—¿Dónde estamos? —preguntó el barón.

—En la sala de armas del bey.

—¡He aquí una magnífica ocasión para proveerse de un buen puñal! —dijo el barón.

Cogió dos de una panoplia y dio uno de ellos a la joven para que lo escondiese bajo la faja.

Después pasaron a través de otras muchas galerías, todas adornadas con la mayor riqueza oriental, y por último entraron en otra sala con pavimento de mosaico, y donde a lo largo de las paredes varias estatuas sostenían otra galería que la circundaba.

—La sala de los Gigantes —dijo la condesa.

Allí había muchas puertas numeradas, ocultas por pesados tapices.

La condesa titubeó un instante, y luego, levantó uno de aquellos tapices.

—¡Este es! —dijo.

Abrió la puerta y entró en una pequeña estancia con las paredes cubiertas de seda azul y rodeada de divanes de damasco. En medio de la habitación, y al lado de un pebetero de metal dorado, se veía un pequeño lecho bajo, con las colgaduras de seda de color de rosa.

—Esta es tu estancia —dijo.

El barón, de un salto, se había acercado al cofre, que estaba oculto entre dos divanes. Lo, abrió con rapidez, sacó la escala de seda, ocultó en la cintura un par de pistolas y un yatagán, y tomó una lamparita que el normando había colocado en el cofre para que pudiera hacer la señal.

—¡Ahora, Ida, huyamos! —dijo.

Un rumor lejano que cada vez se oía con más claridad detuvo al barón.

—¿Qué es eso? —preguntó con voz alterada.

Se acercó rápidamente a la ventana y levantó las cortinas de seda verde, que un ligero viento agitaba.

Aquella ventana daba a los jardines. En medio de las plantas se veían centellear puntos luminosos que poco a poco se reunían, mientras bajo los oscuros senderos se oían tañidos de tiorba.

—Son las kadinas, que vuelven con su séquito. Dentro de pocos minutos estarán aquí los eunucos, que, no viéndonos en el grupo, vendrán a buscarnos.

—¡A la torre, Ida! —dijo el barón—. Y ¡ay de quien intente cerrarme el paso!

—¿Y el eunuco que está en la galería azul?

—¡Le mataré! —dijo fríamente el joven—. Ven.

Las voces de las odaliscas, de las beslemés y de las esclavas que acompañaban a las cuatro kadinas del bey se acercaban rápidamente. Acaso en aquel momento había sido ya notada su ausencia, y quizá los eunucos las buscaban en los jardines.

No había un instante que perder.

Salieron velozmente de la estancia, volvieron a atravesar la sala y entraron en la última galería, que conducía a una vasta terraza de mármol blanco adornada con plantas y rosales.

—¡Mira la torre! —dijo la condesa deteniéndose—. ¡Se levanta delante de nosotros!

—No está más que a cincuenta pasos —respondió el barón—. En diez segundos estaremos en ella.

—Antes tenemos que salir del circuito que separa el harén del Casbah, y allí está el mayor peligro, porque pasan constantemente rondas nocturnas de genízaros.

—¿No podremos evitarlos? — preguntó el barón muy inquieto.

—Hay algunas plantas, y la noche no es de luna.

Ya habían llegado a la galería de los vidrios azules. Aunque no hubiera en ella ninguna lámpara encendida y la oscuridad fuese profunda, el barón descubrió de pronto en la extremidad opuesta una forma humana que estaba erguida delante de la puerta. La condesa se había detenido, apretando con fuerza el brazo del caballero.

—¿Lo ves? —exclamó con voz apenas perceptible.

—Sí.

—Es el eunuco que vigila delante de la puerta de hierro que conduce a los jardines reservados para los genízaros.

—¿Tendrá la llave?

—¡Sin duda! —¡Le mataré!

—Si pudieses derribarle y atarle solamente..

—Es necesario que muera, porque podría ser libertado por otro, y entonces descubrirse nuestra fuga. ¡Espérame!

—¡Carlos!

—¡Calla! ¡Ese hombre es mío!

El eunuco estaba casi apoyado en el próximo terrado para respirar un poco de aire fresco. Un punto luminoso que de vez en cuando brillaba más intensamente indicaba que estaba fumando.

El barón, con la mano derecha apoyada en el mango del puñal, avanzó resuelto y silencioso, deslizándose a lo largo de las paredes para permanecer en la sombra.

Presa de una angustia infinita, la condesa, acurrucada en un ángulo de la sala, seguía con el corazón en suspenso la atrevida maniobra del valiente capitán.

De pronto le vio dar un salto y caer sobre el eunuco; oyó vagamente un sordo gemido, y luego un golpe como el de un cuerpo pesado que cae al suelo.

—¡Dios mío! —murmuró pasándose la mano por la frente, bañada en sudor frío.

El barón se acercó a ella, muy pálido.

—¡El camino está libre —le dijo— y la llave la tengo yo! ¡Dios me perdonará este asesinato!

Cogió la mano de la condesa y la arrastró rápidamente hacia la puerta, colocándose de modo que no pudiera ver al eunuco.

—¿Muerto? —preguntó ella temblando.

—Así lo creo.

Introdujo la llave en la cerradura y abrió. Una bocanada de aire fresco, impregnado del penetrante perfume de los naranjos y de las rosas, los reanimó.

Bajaron una estrecha grada y se encontraron delante de una alta muralla almenada: el circuito que separaba al harén del bey de la fortaleza.

—¿Cómo saldremos? —preguntó el barón—. ¿Hay aquí algún pasadizo?

—Sí, Carlos; a nuestra derecha hay otra puerta que se abre con la misma llave.

—¡Valor, Ida! ¡Ahora jugamos la última carta!

Siguieron la muralla por algunos instantes, mirando hacia atrás ante el temor de ser espiados, y llegaron a la puerta, que también era de hierro y tan pesada, que el barón, después de haber hecho girar la llave, tuvo que apoyarse en ella con todas sus fuerzas para abrirla.

Por la parte de allá de aquella puerta se extendía un pequeño parque de palmeras.

Sorprendidos de su audacia y de su fortuna, se detuvieron un momento y escucharon con ansiedad. Ningún rumor se oía por el lado del harén, ni por la parte del edificio habitado por la guarnición encargada de defender la fortaleza.

—Aun no han notado nuestra desaparición —dijo el caballero.

—En estos momentos estará el jefe de los eunucos pasando revista a las odaliscas y a las beslemés.

—Entonces puede estallar la alarma.

—Eso es lo que temo, Carlos.

—¡Pues a la torre!

Ya habían atravesado la mitad del camino que conducía a ella y comenzaban a descubrir la estrecha escalera que ascendía a los bastiones, cuando oyeron el chirrido de la verja del parque, y poco después pasos rítmicos.

—¡La ronda nocturna! —balbuceó la condesa.

El barón la ocultó en un grupo de plantas y se colocó a su lado, conteniendo la respiración.

Cinco hombres armados con arcabuces avanzaban a lo largo de la muralla de la fortaleza, y se detuvieron delante de la puerta.

Por fortuna, el caballero, para retardar en todo lo posible una probable persecución, había tenido el cuidado de cerrarla.

Esperaron a que la ronda se alejase, y después a todo correr llegaron a la escalera que conducía a los bastiones y a la torre.

Pero otro nuevo peligro los amenazaba, y era el de ser descubiertos por los centinelas que estaban en las almenas de las murallas.

Entonces experimentaron una última emoción.

—¡Si nos hiciesen fuego! —exclamó el barón con angustia—. ¡Quítate el velo, Ida! Es demasiado blanco y ofrece un buen punto de mira.

Encorvados sobre la escalera subieron lentamente los peldaños y alcanzaron la cima de los bastiones, desapareciendo en la torre sin que ninguno de los centinelas hubiese dado la voz de alarma.

Al llegar a ella respiraron libremente. El mayor peligro había pasado.

—¡Dios me protege! —dijo el barón—. ¡Salgamos y demos la señal!

Una escalera de caracol un poco derruida conducía a la plataforma. A tientas y agarrados de la mano subieron hasta lo alto, después de haber tenido la feliz idea de cerrar la puerta y de atrancarla con una fuerte barra de hierro.

Aunque entonces fuesen descubiertos, podían por lo menos retardar la persecución. Desde la plataforma descendieron fácilmente hasta el bastión próximo, que se encontraba doce metros por debajo de ellos, y cuyo centinela se mantenía todo lo más apartado posible del ángulo de la torre, por temor al fantasma de la odalisca asesinada.

El barón tomó la linterna, que solo tenía un cristal; la encendió con precaución y la colocó entre dos almenas de manera que no pudiese verla el genízaro.

La terraza del renegado, que se encontraba a menos de quinientos metros de aquel sitio, era perfectamente visible, y, por lo tanto, se podía distinguir claramente desde ella el punto luminoso.

—¿Deben responder? —preguntó la condesa.

—Sí. Están de guardia. Esperan la señal... ¡Ah, mira! ¿Ves, Ida? ¡Dentro de pocos minutos estarán aquí los caballos.

Un punto rojizo había brillado en la terraza.

El barón desenvolvió la escala de seda, delgada, pero muy sólida y con nudos a poca distancia unos de otros. Luego sujetó un extremo a una almena y arrojó el otro en el vacío.

—¿Tendrás valor para descender? —preguntó a la condesa.

—¡Sí! —respondió esta con voz firme.

—Dame tu faja de seda.

Ató con ella las muñecas de la joven, y luego introdujo la cabeza en sus brazos.

—¡Abrázame con fuerza, Ida! —dijo.

La levantó como si fuese una pluma, subió sobre el parapeto y se agarró a la escala.

—¡Cierra los ojos! —le dijo.

Y comenzó a descender, mientras la joven se mantenía sujeta a su cuello.

En aquel preciso instante, más allá del foso, al pie de la torre; se oyó una voz gritar:

—¿Quién vive? ¡A las armas, genízaros!

CAPÍTULO XIV

LA FUGA

Apenas caía la noche, el normando se había puesto de centinela espiando la señal que debía aparecer en la torre. Estaba inquieto, nervioso, y no acertaba a permanecer parado un solo instante.

Aun cuando tuviera confianza en el buen éxito de aquel atrevido proyecto tan hábilmente preparado, y estuviese convencido de que nadie podría descubrir el disfraz del barón, se sentía, no obstante, agitado por mil temores que en vano trataba de apartar de su imaginación.

Excusado, es decir que todo lo había preparado para hacer una pronta retirada una vez dado el golpe. Además de los caballos dispuestos para ellos había comprado otros para los marineros, para el renegado y para el mirab, que deseaba aprovechar aquella ocasión para abandonar una ciudad tan peligrosa. Pero también él en los últimos momentos, de igual modo que el barón, presentía que alguna catástrofe los amenazaba.

Claro está que atribuía la causa de tales temores al estado de su ánimo, a la angustia de aquella larga espera, y procuraba desecharlos para impresionar bien a sus gentes, que se habían agrupado en la terraza en unión del mirab y del renegado, en tanto que los dos cabileños y su negro vigilaban los caballos.

Pero los esfuerzos que hacía para tranquilizarse eran inútiles, las horas pasaban, y en vez de calmarse, sentía aumentar su angustia. Sin embargo, un profundo silencio reinaba en los bastiones de la Casbah, y ningún ser humano se había mostrado durante aquella noche en las cercanías de las casas dormidas ni en el sendero que serpenteaba por la colina.

Ya debían de ser las once, cuando llegó a sus oídos el rumor del galopar de algunos caballos; rumor que a cada momento se hacía más perceptible. De un salto se acercó al mirab, que estaba tranquilamente sentado y con los ojos fijos en la torre, cuya negra masa se delineaba en el horizonte entre miríadas de brillantes estrellas.

—Mirab —dijo con voz alterada—, ¿oís?

—Sí —respondió el viejo.

—¿Quién puede subir a esta hora por la colina?

—Pueden ser los correos que el nuevo capitán general envía al bey.

—¡Estoy inquieto, mirab!

—¿Qué es lo que temes, Miguel?

—No lo sé; pero me parece que algún peligro nos amenaza.

—¿Cuál?

—Lo ignoro.

—¿Crees que pueda ser descubierto el barón?

—No sé.

—No hay peligro: el jefe de los eunucos no ha advertido nada.

—¡Callad! ¡Me parece que los caballos no siguen ya el sendero que conduce a la Casbah!

El mirab se había levantado precipitadamente.

—Sí —dijo—; se dirigen hacia esta casa.

El normando se lanzó al parapeto para ver mejor. Dos jinetes habían aparecido entonces por la extremidad de la calle, y avanzaron al galope, dirigiéndose hacia la casa del renegado.

—¡Preparad las armas! —gritó el normando a sus gentes.

Los dos jinetes estaban ya delante de la puerta. Al llegar a ella detuvieron sus caballos, que iban cubiertos de espuma, y en seguida saltaron a tierra.

—¡Abrid! —gritó una voz.

—¡Por el vientre de Mahoma! —dijo el normando—. ¡La princesa! ¡Esta visita me parece de mal agüero.

Y al decir esto se precipitó por la escalera seguido por el viejo y por el renegado. Abrió la puerta y mandó entrar a los dos jinetes.

Eran Amina y Cabeza de Hierro.

—¿Está todavía en la Casbah el barón? —preguntó la mora con ansiedad.

—Sí, señora —respondió el normando mirándola con inquietud.

—Mi hermano ha sabido que el barón está en Argel, y hasta temo que haya descubierto este refugio.

—¿Qué decís, señora? —replicaron el mirab y el normando con acento de terror.

—¡La verdad!

—¿Quién puede habernos vendido?

—Uno de mis negros, a quien Zuleik ha martirizado cruelmente para arrancarle su confesión.

—¡Estamos perdidos!

—Mi hermano estará ya en marcha con los genízaros del gobernador para venir a arrestaros. ¡Acaso no contáis más que con algunos minutos para huir!

¡Aguardamos la señal del barón, y hasta debemos responder a ella. Sabe vuestro hermanos que el barón está en la Casbah?

—Lo sospecha.

—¡Por todos los diablos del infierno! —rugió el fregatario mordiéndose los puños con rabia.

En aquel mismo instante se oyó a los marineros gritar:

—¡La señal! ¡La señal!

—¡Al fin! —exclamó el normando dando un salto—. ¡Preparad los caballos!

Subió rápidamente la escalera y se lanzó a la terraza. Un pequeño punto luminoso centelleaba entre las almenas de la torre.

—¡Sí, sí; la señal! —dijo—. ¡Respondamos!

Encendió dos faroles colocados en el parapeto, y en seguida bajó a todo correr, gritando a sus gentes:

—¡Seguidme!

Los dos cabileños y el negro acercaron los caballos. La princesa, que vestía su traje de argelino, montó en el suyo, ayudada por Cabeza de Hierro.

—¡Ya vienen! —exclamó la mora escuchando con ansiedad—. ¿Oís?

Un lejano rumor producido por el galopar de muchos caballos se oía por el lado de la colina.

—¡Pronto! ¡A galope! —gritó el fregatario.

—¡Cuando lleguen encontrarán la casa vacía!

—¿Está dispuesto vuestro buque? —preguntó la princesa.

—¡Y con las velas preparadas!

—¿Tiene mucho andar?

—¡Más que una galera!

—¿Podréis salir del puerto a pesar de las galeras que cruzan por la rada?

—¡Las burlaré!

La princesa suspiró.

—¡Mañana estaré sola! —dijo tristemente.

Los jinetes se lanzaron al galope por el sendero que rodeaba a la Casbah, no atreviéndose a acercarse a los bastiones para no alarmar a los centinelas.

Confiaron los caballos a los cabileños prepararon las armas y se dirigieron hacia la torre, que se encontraba enfrente de ellos.

A pesar de la oscuridad de la noche, el normando había distinguido un bulto negro que descendía de la parte más elevada de la plataforma.

—¡Ya bajan! —exclamó—. ¡Ah, valiente joven!

Estaban cerca del foso cuando vieron dos sombras surgir entre las tinieblas y oyeron una vez poderosa gritar.

—¿Quién vive? ¡A las armas genízaros!

El normando se detuvo lanzando una imprecación. La escolta que velaba en los bastiones había exclamado al oír aquel grito:

—¡A las armas!

—¡Caigamos sobre ellos! —susurró el fregatario.

Dando un salto de tigre cayó sobre los dos hombres con el yatagán en la mano, seguido por cuatro marineros.

La lucha fue breve. Los dos centinelas, sorprendidos por aquel imprevisto ataque, apenas pudieron oponer resistencia a sus adversarios.

Ambos cayeron con la cabeza destrozada y sin haber podido hacer uso de los arcabuces: tan rápida había sido la embestida.

Los otros tres marineros se habían lanzado ya en el foso para sostener la escala, mientras la princesa, el renegado y el mirab, que parecía haber recobrado los bríos de su juventud, apuntaban a las almenas.

El barón, llevando a su prometida a la espalda, descendía rápidamente porque la escala estaba tensa. Pero en la cima de los bastiones se oían gritos, pasos precipitados, y se veían muchas sombras inclinarse sobre las almenas para distinguir lo que sucedía en el foso.

—¡Pronto! ¡Pronto! —decía el normando, que se había dejado deslizar al foso.

De pronto resonó un tiro de arcabuz, y luego otro. Los centinelas empezaban a hacer fuego.

Al oír aquellos disparos, el barón se dejó caer, teniendo bien sujeta a la condesa.

Aquel salto de tres o cuatro metros sobre un terreno blando y cubierto de hierba no podía producir consecuencias graves.

—¡Venga la señora! —dijo el normando desatando rápidamente la faja de seda.

Estrechó a la condesa entre sus poderosos brazos y se arrastró por la escarpa, en tanto que los marineros ayudaban al barón, que se encontraba embarazado por sus vestidos.

Llegados a la explanada, todos echaron a correr hacia el bosque, mientras los centinelas continuaban haciendo fuego sin resultado.

Los fugitivos solo se detuvieron cuando se hallaron entre las espesas sombras de las palmeras. Unicamente en aquel instante el barón pudo advertir la presencia de la princesa, la cual se había retirado unos pasos y apoyaba una mano sobre la silla de su caballo.

—¡Vos! —murmuró.

—Os dije que volvería a veros —respondió Amina haciendo un esfuerzo supremo para ocultar su emoción—. Me considero feliz al veros en compañía de vuestra prometida.

El barón, que había permanecido silencioso durante algunos minutos, se acercó a la condesa y, cogiéndola de la mano, la llevó hacia el sitio donde se encontraba Amina, diciendo:

—A esta señora debo yo la vida y tú la libertad.

—¡Una mujer! —exclamó la condesa.

—La hermana de Zuleik, la princesa Amina Ben-Abend.

La mora y la joven se habían acercado una a otra maquinalmente. Tuvieron un momento de vacilación, y por fin se abrazaron.

—¿Perdonaréis a mi hermano? —preguntó la princesa.

—Ya le había perdonado —respondió Ida.

La princesa se había separado, haciendo un gesto brusco. En aquel momento tenía los ojos llenos de lágrimas.

—¡Partid! dijo—. ¡Sed felices, y acordaos alguna vez de Amina Ben-Abend!

—¿No nos veremos más? —dijo el barón, verdaderamente conmovido.

—¡El África es la tierra que me ha visto nacer! —respondió Amina con un sollozo.

—Luego repitió muchas veces:

—¡Dios es grande!

El normando, que se había acercado hasta el límite del bosque, volvió corriendo.

—¡A caballo! —exclamó—. ¡Nos persiguen!

Levantó a la condesa y la puso sobre el mejor caballo.

—¡Partid, y que Dios os proteja! —dijo Amina.

Estrechó la mano del barón, de la condesa y del mirab, y después tomó a apoyarse en su caballo, haciendo una última señal de despedida.

En aquel momento se oía indistintamente el galopar de muchos caballos en el sendero que conducía a la barraca del renegado: eran los genízaros de Zuleik, que corrían atraídos por los disparos de los centinelas de la Casbah.

—¡Adiós, señora! —gritó por última vez el barón—. ¡No os olvidaremos nunca!

Un coro de rugidos formidables sofocó su voz. Un grupo de jinetes corría por el sendero, vociferando espantosamente.

—¡Espolead! —gritó el normando—. ¡A retaguardia los marineros!

Todos lanzaron los caballos al galope. Entonces el barón miró por vez postrera al bosque, donde todavía estaba Amina acompañada de los cabileños.

—¡Pobre mujer! —murmuró.

Y sofocando un suspiro agarró las bridas del caballo de Ida para que no se quedase atrás.

Los fugitivos pasaron como un huracán al lado de la ermita del mirab, desfilando a lo largo de la Casbah para evitar los tiros de los centinelas, y bajaron por la pendiente opuesta para penetrar en la ciudad.

Pero también por aquella parte llegaba un grupo de jinetes. Era menos numeroso que el otro; sin embargo, podían detenerlos hasta recibir el auxilio de los demás.

—¡Señor barón! —gritó el normando—. ¡Carguémosles! ¡Tomad mi yatagán!

—¡No lo necesito; también yo estoy armado!

—¡Pues al centro la señora con el mirab! ¡Tres hombres a la retaguardia para cubrir la retirada! ¡A la carga!

Los doce caballos cayeron encima de los berberiscos como una tormenta. Sorprendidos por aquel imprevisto ataque, y no sabiendo si tenían que habérselas con amigos o con enemigos, los argelinos se detuvieron.

—¡Paso! ¡Servicio del bey! —gritó el normando con voz tonante.

Cargaban con el yatagán en la diestra, la pistola en la siniestra y las bridas entre los dientes.

De un golpe desbandaron la columna adversaria, acuchillando y disparando las pistolas al propio tiempo, y continuaron su vertiginosa carrera hacia la ciudad, no sin dejar tendidos en el suelo a varios soldados argelinos.

Detrás de los fugitivos se oían gritos furiosos:

—¡A ellos!

—¡Mueran los cristianos!

Algunos tiros de arcabuz resonaron a su espalda, y en los bastiones de la Casbah dispararon en aquel momento el cañón de alarma.

—¡Cuernos de Barrabás! —gritó el normando—. Dentro de poco tendremos detrás de nosotros a toda la caballería berberisca!

En lontananza, hacia la cumbre de la colina, se oía el galopar furioso de un gran número de caballos.

—Indudablemente tenemos a Zuleik a nuestra espalda —dijo el normando—. ¡Ese hombre nos perseguirá aun en el mar!

—¿Podremos llegar a la rada antes de que las galeras adviertan nuestra fuga?

—Así lo espero, señor barón. ¡Espolea, amigos! ¡Dentro de cinco minutos estaremos a bordo de la falúa!

Los caballos, espoleados sin piedad, devoraban el camino con un estrépito infernal, atrayendo a las ventanas no pocos curiosos, alarmados ya por el cañonazo de la Casbah, que anunciaba algún grave acontecimiento.

En las calles vecinas se oían rumores de pasos y gritos de alarma.

Una ronda nocturna que encontraron al paso fue deshecha antes de que pudiera darles el alto. Nada podía resistir a aquel grupo de jinetes que cargaba con el brío de la desesperación.

Los genízaros que aparecían, en vez de tratar de detener a los fugitivos, huían de sus cuchilladas a todo correr, asustados también por los gritos de los compañeros de Zuleik, que iban en pos de ellos y no a mucha distancia ciertamente.

Cinco minutos después el normando y sus compañeros desembocaban en el muelle. La falúa, con las velas preparadas, estaba allí a pocos pasos presta a zarpar.

—¡A tierra! —gritó el fregatario, oyendo detrás de sí el galope precipitado de sus perseguidores—. ¡Apenas tendremos tiempo de embarcarnos!

Sin perder un momento saltaron al suelo. El barón había tomado en sus brazos a la condesa, y se precipitó con ella sobre la toldilla de la falúa, la cual tenía la popa apoyada en el muelle.

Por las callejuelas próximas al puerto aparecían en aquel instante los primeros caballos de sus perseguidores.

—¡A bordo! —rugió el normando.

Todos se precipitaron en la falúa y cortaron la cuerda que la unía a tierra; los otros seis marineros que habían quedado a bordo ya habían orientado las velas.

Por fortuna, el viento era favorable, porque soplaba de tierra. El Solimán, ayudado por algunos golpes de remo, se deslizaba velozmente entre las naves mercantes que llenaban la rada, y que al menos por algún tiempo le ponían a cubierto de los tiros que podrían ser disparados desde la ribera.

Los jinetes enemigos estaban ya en el puerto, y al ver a lo lejos las galeras empezaron a gritar desesperadamente:

—¡A las armas! ¡Huyen los cristianos!

Luego una voz más potente que todas las otras se dejó oír.

—¡Perro cristiano! ¡No te escaparás!

—¡Zuleik! —había exclamado el normando estremeciéndose—. Me lo figuraba!

—¡Pronto, las chalupas, las chalupas! —gritaron mientras tanto los genízaros.

El barón, que había conducido a la condesa a la litera de popa casi desvanecida, volvía a salir en aquel momento. Ya no llevaba los vestidos de antes y ceñía su cuerpo la coraza de combate.

—¿Nos siguen también por agua? —preguntó el barón, viendo que el normando cargaba una de las dos pequeñas culebrinas de que iba armada la falúa.

—Sí, señor —replicó el fregatario—. ¡Y ay de nosotros si no salimos de la rada antes de que la alarma se haya propagado hasta las galeras que cruzan por la embocadura! ¡Es Zuleik quien nos sigue! ¡Si pudiera ametrallarlo!

—¡No lo haréis, Miguel! —respondió el barón—. No hay que olvidar que es el hermano de la mujer que acaba de salvarnos.

—¡Vaya una generosidad inoportuna! ¡Ah, canallas!

Un fogonazo había iluminado la terraza del presidio de Alí-Mamí, que era el más próximo. Un segundo después resonaba el estampido del cañón.

Era la señal convenida para que las galeras cerrasen el puerto e impidieran la salida a todos los barcos.

Una sorda imprecación salió de los labios contraídos del fregatario, el cual saltó a la borda mirando con ansiedad en dirección de la boca del puerto.

—Acaso lleguemos a tiempo! —murmuró—. ¡En este momento aún están lejos, y el viento es fresco!

Se volvió hacía sus hombres, que, presa de la mayor ansiedad, aguardaban sus órdenes.

—¡Que nadie haga fuego! —dijo— ¡Si señalamos nuestra ruta nos echarán a pique a cañonazos!

Después miró hacia la ribera. Algunas chalupas llenas de soldados se deslizaban con velocidad por entre las naves ancladas, disparando de vez en cuando algún tiro de arcabuz.

—¡Venga el timón! —dijo— ¡Izad una vela cuadrada sobre la latina del palo mayor! ¡Los haremos correr.

El Solimán, que tenía el viento favorable, huía muy veloz, dirigiéndose hacia la punta oriental, en cuya dirección, al menos en aquel momento, no se descubría el menor farol que indicase la presencia de los galeones. Con dos bordadas atravesó la rada y se acercó a la costa, para confundirse más fácilmente con las rocas y con las plantas que abundaban en aquel lugar, proyectando sobre el agua una sombra intensa.

En aquel instante también desde las terrazas de los otros presidios disparaban cañonazos para advertir a los galeones, que en aquel momento aparecían hacia la punta occidental.

Las dos naves habían ya contestado, y bogaban en dirección a la rada aprovechando el viento.

—¿Nos habrán descubierto? —preguntó el barón con voz alterada.

—¡Todavía no! —replicó el normando, que observaba atentamente las maniobras del enemigo.

—Pero, ¿y después?

—Nos darán caza, de seguro. ¡Mirad aquellas cuatro chalupas que se dirigen hacia los galeones! ¡En alguna de ellas va Zuleik!

—Pero vuestra falúa es más ligera.

—También los galeones tienen mucho andar. No son tan pesados como las galeras de alto bordo.

—¿Qué rumbo llevaremos?

—Por ahora hacia las Baleares. Son las más próximas y encontraremos en ellas un buen refugio. Aquí está el cabo. Nos veremos obligados a descubrirnos. ¡Arrojaos bajo el puente! ¡Nos van a acribillar!

De las cuatro chalupas, que ya habían atravesado la rada, salían sin descanso estos gritos:

—¡Detenedlos! ¡Haced fuego! ¡Alerta en los galeones!

Las dos naves encargadas de la vigilancia del puerto hacían esfuerzos prodigiosos para ganar tiempo, aun cuando se veían imposibilitadas para luchar contra la falúa, que tenía el viento de popa, y además era dudoso que pudieran verla, porque el normando se acercaba siempre a la costa. Por desgracia, la peninsulita que cierra la rada hacia Oriente iba a desaparecer, y el Solimán no podía ocultarse.

—¡Todavía están a quinientas brazas! —exclamó el fregatario—. Acaso podamos pasar sin grandes daños! A babor!

Tres de las cuatro chalupas seguían a la falúa. La cuarta se había separado de ellas, abordando al primer galeón.

—¡Es Zuleik quien se embarca! —murmuró el fregatario—. ¡8l dirigirá la persecución!

En aquel momento, el Solimán, con una sublime bordada, rebasaba la punta de Malifa y se lanzaba resueltamente en el Mediterráneo.

En lontananza se oyó gritar:

—¡Fuego!

Cuatro cañonazos resonaron en el puente de los galeones, seguidos de una nutrida descarga de arcabuces.

Una bala derribó la punta del palo mayor, haciendo caer la vela cuadrada; fue el único proyectil que llegó a su destino, porque los demás se perdieron en el agua.

—¡Mala puntería! —gritó alegremente el normando—. ¡Señor barón, si ahora no nos han echado a pique, estamos en salvo!

Pero se engañaba: los dos galeones, en vez de detenerse, habían virado rápidamente de babor para darles caza, mientras las tres chalupas, juzgando ya inútil continuar su carrera, se paraban cerca del cabo Malifa.

El normando advirtió bien pronto que tenía que habérselas con dos rápidos veleros. Los berberiscos, que eran excelentes marinos entonces, habían cubierto de velas las entenas y maniobraban hábilmente para coger en medio a la falúa.

El rostro del fregatario se había vuelto sombrío.

—Señor barón —dijo con voz un poco alterada—, van a darnos mucho que hacer. Navegan como delfines y maniobran con mucha habilidad.

—¿Nos alcanzarán?

—No lo creo, mientras dure la brisa.

—Amainará al salir el sol.

—¿Vendrán a abordamos?

—Lo intentarán.

—¿Podremos resistir?

—Tienen cuatro veces más gente que nosotros y culebrinas de buen calibre.

—Me asombra que no empleen la artillera.

—Si no estuviese en los galeones Zuleik, ya nos habrían echado a pique.

El barón le miró sin comprender.

—¡Claro! ¡Quiere coger viva a la condesa!

—Antes tendrá que pasar por encima de mi cadáver! —exclamó el barón con un gesto de furor.

—¡Y sobre el mío! —dijo una voz al lado suyo.

Era la condesa, que había salido de la litera, deseando conocer la situación de las cosas.

—Zuleik está allí; ¿no es cierto? —preguntó indicando los galeones.

—Sí, Ida.

—¡No caeré viva en sus manos!

—Aun estamos libres y bien armados; ¿no es verdad, Miguel?

—Sí —respondió el normando—. Todavía...

Un cañonazo disparado desde el galeón más próximo le impidió continuar; pero no oyeron el sonido ronco del proyectil.

—Disparan con pólvora —dijo el normando—. Nos intiman la rendición. ¡Pues bien; ahora verán! A las culebrinas, muchachos! ¡Y vos, señora, a la litera!

Apenas el barón la había conducido al interior del buque, cuando el palo trinquete, destrozado por una bala lanzada desde el primer galeón, caía sobre el puente, llenándolo de cabos y de velas.

Al propio tiempo una granizada de balas de arcabuz se estrellaba en el casco de la falúa.

Al oír aquel estrépito, el barón había saltado sobre cubierta.

—¡Estamos perdidos! —exclamó—. ¿Queréis el abordaje? ¡Pues bien; venid a buscar a mi prometida! ¡A mí, valientes! ¡Por la Cruz de Malta y por el honor de la cristiandad!

Los dos galeones habían echado al agua varias chalupas cargadas de soldados, que vociferaban como energúmenos dirigiéndose sobre la falúa.

El normando, que al golpe de la vela había caído sobre cubierta, se levantó gritando:

—¡Fuego a esos perros!

Dos tiros de culebrina siguieron a aquella orden; uno dirigido a la galera más próxima, y el otro, a las chalupas.

Una de estas, alcanzada de lleno por los proyectiles, estaba casi destrozada.

Pero había otras siete repletas de enemigos que apresuraban su carrera, protegiéndose con repetidas descargas.

—¡Si suben a bordo no hay salvación! —murmuró tristemente Cabeza de Hierro.

Pero el barón y el normando no habían perdido su sangre fría. Valientemente ayudados por los marineros, disparaban sin tregua, tratando de detener a las chalupas. También el ex templario, a pesar de su edad, se batía como un león al lado del renegado, apuntando con una precisión admirable y gritando a cada tiro:

—¡Manteneos firmes, muchachos!

Pero aquellas descargas no bastaban para contener a las chalupas, que avanzaban siempre.

Una de ellas abordó a la falúa bajo la proa, y su tripulación se arrojó sobre cubierta con rugidos formidables.

El barón y el normando se lanzaron en aquella dirección para detener a los asaltantes.

Un grito salió de sus labios al ver a un hombre que guiaba a los infieles.

—¡Zuleik! —exclamó.

El moro replicó con una carcajada feroz:

—¡Sí, yo soy! ¡Llegó a tiempo para matarte y para robar a tu prometida!

El señor de Santelmo, que empuñaba un hacha de abordaje, se arrojó sobre él, dando un verdadero rugido.

De un salto evitó la cimitarra de su rival, y después le golpeó con tal fuerza sobre la coraza, que le dejó tendido sin conocimiento en la cubierta del buque.

Ya iba a repetir, cuando muchos cañonazos resonaron a espaldas de la falúa, seguidos de gritos estentóreos:

¡Malta! ¡Malta!

El barón levantó la cabeza.

Las chalupas se detuvieron, y los berberiscos que habían subido al abordaje embarcaron precipitadamente, gritando:

—¡Los cristianos! ¡Sálvese el que pueda!

Una gran nave, como si saliese de las profundidades del Mediterráneo, había aparecido inesperadamente y cañoneaba con furia a los galeones, los cuales se preparaban ya a virar de babor para huir hacia Argel.

—A nosotros, malteses! —gritaban los marineros de la falúa, que ya habían descubierto la nave.

El normando, que acababa de echar a hachazos a los últimos berberiscos, también había gritado con voz tonante:

—A nosotros, cristianos!

La galera que con tanta oportunidad llegaba en auxilio suyo, aunque continuaba cañoneando a los galeones y a las chalupas, se acercaba a la falúa para protegerla mejor contra la artillería enemiga, que todavía continuaba disparando.

—¿Quiénes sois? —gritó una voz desde el castillo de proa.

—¡Cristianos! —replicó el barón.

—¡Acercaos!

Una embarcación cargada de hombres cubiertos de hierro y con la espada en mano se había dirigido hacia la falúa.

El jefe que la mandaba saltó a bordo de ella; pero al encontrarse con el barón dejó caer la espada, lanzando una exclamación de alegría:

—¡Santelmo!

—¡Le Tenant!

Los dos hombres se abrazaron estrechamente.

—¡Dios me ha guiado! —dijo el maltés—. ¡No creía llegar en tan buen momento!

—¿Cómo os encontráis aquí, Le Tenant?

—Os había prometido que vendría hasta las aguas de Argel para ayudaros en vuestra empresa. Como veis, he cumplido mi palabra. Hace ya tres noches que cruzo a la vista de la costa buscando un medio para ir a la ciudad, a fin de tener noticias vuestras. ¿Y la condesa?

—Está aquí; acabo de salvarla.

—Entonces huyamos sin perder tiempo, barón. Los galeones van precipitadamente hacia Argel para pedir socorros, y no tengo ningún deseo de habérmelas con todas las galeras berberiscas. Llevaremos a remolque la falúa e iremos a Malta sin detenernos.

—¡Un momento, capitán! —dijo el normando—. Aquí hay un hombre que debe ser ejecutado.

—¿Quién?

—Zuleik, el traidor.

El moro, a quien el barón había ya olvidado, empezaba ya a volver en sí. Al oír las palabras del normando se puso en pie.

—¡Pues bien; ya que la he perdido, matadme! —dijo—. ¡La vida sin ella no la quiero! ¡Zuleik Ben-Abend nunca ha temido a la muerte!

—Miguel, ¿tenéis una chalupa a bordo? —preguntó el barón.

—Sí, señor.

—Botadla al agua.

La pequeña chalupa fue lanzada en un minuto.

—Zuleik Ben-Abend —dijo entonces el barón indicándosela—, sois libre y podéis volver al palacio de vuestros abuelos.

El moro, estupefacto ante aquella extraordinaria generosidad, permaneció inmóvil en su puesto.

—Andad —dijo el barón—, y decid a vuestra hermana que el barón de Santelmo y la condesa de Santafiora recordarán siempre con gratitud a Amina Ben-Abend.

Zuleik bajó la cabeza, atravesó lentamente la galera y descendió a la chalupa sin pronunciar una palabra. Tomó los remos y bogó hacia el puerto, volviendo la espalda a la falúa.

—¡He ahí un bribón afortunado! —dijo el normando—. Yo, en lugar vuestro, le hubiese colgado del palo mayor de la galera.

—Se lo había prometido a la princesa, y he cumplido mi palabra. He perdonado, y nada más.

CONCLUSIÓN

Pocos momentos después la galera se hacía a la vela, remolcando la falúa del normando, presurosa por ponerse a salvo de una posible persecución por parte de las escuadras argelinas, demasiado poderosas para poder afrontarlas con alguna probabilidad de éxito.

La travesía del Mediterráneo se realizó felizmente, sin malos encuentros, por más que los berberiscos tunecinos y los de Trípoli recorriesen con frecuencia aquellas aguas, siempre en acecho de las naves cristianas para saquearlas y reducir a la esclavitud a sus tripulaciones.

Cinco días más tarde la galera entraba en la bahía de Malta entre el tronar de la artillería, con la bandera de Santelmo sobre la punta del palo mayor.

Una semana después, el valeroso caballero y la condesa se unían en matrimonio, y partieron en seguida para Sicilia, donde pensaban establecerse en una casa solariega, habiendo ya renunciado a reedificar el castillo de San Pedro, reducido a un montón de ruinas.

El mirab y el renegado, en unión de Cabeza de Hierro, los acompañaron. En cuanto al normando, espléndidamente recompensado por el barón, apenas reparada su falúa, volvió a emprender de nuevo sus peligrosas correrías por las costas africanas en espera de ocasiones propicias para arrancar a las panteras de Argel otros esclavos.

Printed in Great Britain
by Amazon